Knaur.

Knaur.

Im Knaur Taschenbuch Verlag sind bereits folgende Bücher des Autors erschienen:

Süden und das Gelöbnis des gefallenen Engels
Süden und der Straßenbahntrinker
Süden und die Frau mit dem harten Kleid
Süden und das Geheimnis der Königin
Süden und das Lächeln des Windes
Süden und der Luftgitarrist
Süden und der glückliche Winkel
Süden und das verkehrte Kind
Süden und das grüne Haar des Todes
Süden und der Mann im langen schwarzen Mantel
Süden und die Schlüsselkinder

Killing Giesing
Gottes Tochter
German Angst
Die Erfindung des Abschieds
Abknallen

Über den Autor:
Friedrich Ani wurde 1959 in Kochel am See geboren. Er arbeitete als Reporter, bevor er sich ganz dem Schreiben widmete. Er schreibt Romane, Kinderbücher, Gedichte, Hörspiele, Drehbücher und Kurzgeschichten. Seine Bücher wurden in mehrere Sprachen übersetzt und vielfach ausgezeichnet, so u.a. mit dem Tukan-Preis für das beste Buch des Jahres der Stadt München. Als bisher einziger Autor erhielt Ani den Deutschen Krimipreis in einem Jahr für drei Süden-Titel gleichzeitig. 2010 folgte der Adolf-Grimme-Preis für das Drehbuch nach seinem Roman »Süden und der Luftgitarrist«. 2011 erschien erstmals ein Roman mit der Kultfigur Tabor Süden im Hardcover: »Süden«. Friedrich Ani lebt in München.

Friedrich Ani

SÜDEN UND DER LUFTGITARRIST

Roman

Knaur Taschenbuch Verlag

Dieser Titel erschien im Knaur Taschenbuch Verlag 2003 bereits
unter der Bandnummer 62075

Besuchen Sie uns im Internet:
www.knaur.de

Vollständige Taschenbuch-Neuausgabe September 2011
Knaur Taschenbuch

Umschlaggestaltung: ZERO Werbeagentur, München
Umschlagabbildung: Gettyimages / © Nicholas Eveleigh
Satz: Adobe InDesign im Verlag
Druck und Bindung: CPI – Clausen & Bosse, Leck
Printed in Germany
ISBN 978-3-426-51200-5

2 4 5 3 1

Ich arbeite auf der Vermisstenstelle
der Kripo und kann meinen eigenen
Vater nicht finden.
Tabor Süden

1

Tauwetter setzte ein, und in der Stille unserer Umarmung hörten wir den fliehenden Atem des Schnees. Es war unser eigener, aber wir waren Kinder im Übermut unserer Liebe, die wir so wenig für möglich gehalten hatten wie das Verschwinden des Eises von den Straßen, den Seen und Flüssen. So lange dauerten dieser Winter und unser Alleinsein an, dass wir uns schon beinah damit abgefunden hatten und nur noch gelegentlich, wie aus Notwehr und in einem Anfall zorniger Gier, in warmen Zimmern über einen fremden Körper herfielen, um uns einzubilden, hinterher, wieder draußen, von unserer Erstarrung erlöst zu sein. Dann hörten wir auf, Ausschau zu halten, entwickelten uns, wenn eine Begegnung am Ende der Nacht noch nicht vorüber war, zu Perfektionisten der Simulation, und niemand durchschaute unser Spiel, und manchmal redeten wir uns ein, es ernst zu meinen. Als Sonja und ich uns trafen, hatten wir auf niemanden gewartet, beim Tanzen folgten wir noch einem Ritual, doch als wir im Bett lagen und anfingen, das Übliche zu tun, verweigerten unsere Hände den Gedanken die Gefolgschaft, ihre wie meine, und wir verloren uns selbst aus den Augen und sahen nur noch einander, inmitten der Dunkelheit.

Sieben Wochen verbrachten wir jede Nacht zusammen, fuhren aus dem Dezernat direkt zu mir, nachdem einer von uns je nach Dienstplan eingekauft und die Zeit totgeschlagen hatte, während der andere Protokolle zu Ende tippen oder an Sitzungen teilnehmen musste. Zu Hause vergaßen wir meist zu essen und hörten lieber, zwei oder drei Stunden später, den Geräuschen unserer Mägen zu und hielten unseren Hunger für Trotz. Wir waren kindisch und wahrhaftig und hausten in einer Höhle unter der Gegenwart, deren Minusgrade in den vergangenen Monaten vier Menschen das Leben gekostet hatten, zwei von ihnen waren Obdachlose, die in ihrem Schlafsack erfroren waren, eine Frau starb beim Radfahren in der beißenden Kälte an einem Herzinfarkt. Am Tag, als es zu tauen begann, entdeckte ein Autobesitzer, der nach einem schweren Skiunfall mehrere Wochen im Krankenhaus gelegen hatte, in seinem Wagen die Leiche eines Mannes, der offenbar das Türschloss geknackt und sich zum Schlafen auf die Rückbank gelegt hatte, wo er erfror. Wegen der vereisten und verschneiten Fensterscheiben hatte niemand den leblosen Körper bemerkt.

»Ich hab Durst«, sagte Sonja, und ich reichte ihr die Plastikflasche, die neben dem Bett stand.

»Glaubst du, er hat eine Chance?«, fragte sie zwischen den Schlucken.

Ich sagte: »Vielleicht. Sein härtester Konkurrent ist verschwunden.«

»Ich möcht jetzt nicht über die Arbeit sprechen«, sagte sie.

Mein bester Freund und Kollege Martin nahm an einem Wettbewerb teil, den die meisten, die davon erfuhren, für lächerlich hielten, was Martin vollkommen egal war. Er hatte sich vorgenommen, bei der deutschen Ausschei-

dung zur Weltmeisterschaft der Luftgitarristen in Finnland auf jeden Fall unter die ersten drei zu kommen.
Der dreiundvierzigjährige Staatsbeamte Martin Heuer war nicht nur, wie ich, Hauptkommissar auf der Vermisstenstelle im Dezernat 11, er war auch ein professioneller Luftgitarrist.
»Ich finde«, sagte Sonja, »er sollte die Lenny-Kravitz-Sachen weglassen, die sind zu schwierig für ihn.«
Für Sonja Feyerabend stellte ein Luftgitarrist den Inbegriff des Kindskopfs dar, vor allem, wenn er das fünfzehnte Lebensjahr überschritten hatte.

Jedes Mal wenn Fabian Schmid, der sich Faks nennen ließ, einen Blick auf die zwanzig bleichen, leicht aufgedunsenen Gesichter warf, die über dem Tresen seiner schlecht beleuchteten Kneipe hingen wie verschlissene Lampions, wandte er sich mit einem Ruck ab und betrachtete die Pfütze um seine Stiefel, auf denen der Schnee schmolz. Das Erste, was er zu mir am Telefon gesagt hatte, als ich Sonjas und mein Kommen ankündigte und ihm mitteilte, wir würden auch die Festivalteilnehmer mit ins »Substanz« bringen, die sich noch in der Stadt aufhielten, war, er habe diese Leute nicht eingeladen.
»Brutalste Spinner«, sagte Faks.
Ich sagte: »Warum?«
»Warum?« Dann sagte er nichts mehr. Ich wartete. Dann sagte er: »Der Klaus hat mich zugesülzt, ich hab gesagt, hau ab mit deinen Luftgitarristen, er hat gesagt, das ist

die Sensation in der Stadt, so was hats hier noch nicht gegeben, ich sag, hau ab mit den Idioten, ich will echte Musiker in meinem Laden, ich mach mich doch nicht lächerlich! Ich hab mich rumkriegen lassen. Wahnsinn, was die wegsaufen.«

»Das ist doch gut.«

»Haben Sie die mal gesehen? Wie das aussieht? Die stehen auf der Bühne und fuchteln rum. Am zweiten Abend hab ich mir eine Sonnenbrille aufgesetzt, damit ich das nicht anschauen muss. Und der Klaus? Der liegt daheim und hat Grippe. Jetzt muss ich mit denen allein fertig werden. Einer ist verschwunden, sagen Sie? Sehr gut! Von mir aus können die alle verschwinden, ich such nicht nach denen.«

»Morgen ist doch sowieso der letzte Tag«, sagte ich.

»Brutalste Spinner«, wiederholte Faks.

Wir verabredeten uns für elf Uhr, bis dahin, so hoffte Martin Heuer, hätte er die rund zwanzig Luftgitarristen, die zwar bereits ausgeschieden waren, aber noch ein paar Tage durch die Stadt bummelten und die Endausscheidung besuchen wollten, ausfindig gemacht. Ursprünglich hatten sich fünfzig Teilnehmer angemeldet, die, verteilt auf mehrere Gruppen, gegeneinander antraten. Und Edward Loos, einer der beiden Spieler, die es bis ins Finale geschafft hatten, war seit gestern Abend verschwunden, er hatte das »Substanz« gegen einundzwanzig Uhr überraschend verlassen, nicht ohne Martin, mit dem er sich angefreundet hatte, zu einem Mitternachtsdrink ins Lokal neben der Pension, in der er wohnte, einzuladen. Dort wartete Martin bis halb zwei, bevor er an der Rezeption nachfragte. Loos war nicht in seinem Zimmer. Auf eine Weise beunruhigt, für die Martin keine richtige Erklärung hatte, fuhr er mitten in der Nacht ins Dezernat, um Edwards Handynummer herauszufinden, was schneller ging, als er erwartet hatte. Doch er erreichte ihn nicht. Auch am Morgen tauchte Edward Loos nicht in der Pension »Stefanie« auf.

»Für ihn ist Luftgitarrespielen was Religiöses«, sagte Martin. »Er würd nie freiwillig darauf verzichten, gegen mich anzutreten.«

Entgegen allen Erwartungen hatte Martin Heuer es tatsächlich bis ins Finale geschafft. Keinen Euro hätte ich darauf gewettet. Niemand hätte das getan.

»Wir müssen ihn suchen«, sagte Martin.

Ich sagte: »Er ist nicht als vermisst gemeldet.«

»Er wirkte extrem nervös, ich glaube, er wollt mit mir über etwas reden in der Kneipe. Sein Handy ist die ganze Zeit ausgeschaltet, das war vorher nicht so, er hat ein paar Anrufe aus seinem Büro in Erfurt entgegengenommen, sie planen ein neues Projekt, und er ist anscheinend einer der maßgeblichen Architekten. Irgendwas ist passiert.«

In den zwölf Jahren meiner Arbeit auf der Vermisstenstelle gab es keinen Fall, den ich ausschließlich mit Fachwissen und Logik, den Grundelementen der Kriminalistik, gelöst hätte. Manchmal luden mich junge Kollegen in ihre Seminare ein, um etwas über die Gründe meiner Fahndungserfolge zu erfahren, über die ich selten nachdachte und die mich eher irritierten als ermutigten, weil ich am Ende doch nur eine Akte schloss und keines Menschen Tröster sein konnte, was vielleicht ein wahrer Erfolg gewesen wäre. Auf die Frage nach der wichtigsten Eigenschaft, die einen Kriminalisten auszeichnen sollte, antwortete ich immer dasselbe: Intuition. Letztendlich reduzierte sich unsere Arbeit in vielen Fällen auf das Gespür für die Vibrationen am Rande eines Schweigens und die leisen Echos der Lügen, mit denen wir täglich konfrontiert wurden.

Und wenn ein erfahrener Kommissar wie Martin Heuer seiner Intuition folgte, dann war es klug zu handeln, auch wenn es keinerlei Hinweise auf eine Straftat, einen Unglücksfall oder Suizidabsichten gab, normalerweise Voraussetzungen dafür, dass wir vom Dezernat 11 überhaupt zuständig waren.

Also machten wir uns auf die Suche nach einem Luftgitarristen, der sich in Luft aufgelöst hatte.

Obwohl Martin Heuer in einer fulminanten Telefonaktion die Leute zusammengetrommelt hatte, kam er selbst nicht ins »Substanz«, sondern versuchte, mit Edwards Kollegen in Frankfurt Kontakt aufzunehmen. Auch hatte er vor, anschließend noch einmal Befragungen im Umfeld der Pension in der Türkenstraße durchzuführen und Edwards Mutter zu erreichen, die im Stadtteil Neuhausen wohnte. Natürlich hatte er in der Früh als Erstes bei ihr angerufen, aber sie war nicht zu Hause gewesen oder ging nicht ans Telefon. Nach Martins Einschätzung bestand zwischen Mutter und Sohn nicht gerade ein enger Kontakt, allerdings habe Edward ihm erzählt, er sei seit fünf Jahren nicht mehr in München gewesen und wolle die Gelegenheit nutzen, seine Mutter wiederzusehen.

»Mittwoch Abend war er bei ihr«, sagte Martin, dessen Schreibtisch schon morgens um acht von Zetteln und Blättern übersät war.

»Was hat er dir erzählt?«, sagte ich.

»Wenig. Wir mussten uns aufs Halbfinale konzentrieren.« Sonja und ich waren dabei gewesen und hatten den Altersdurchschnitt der Zuschauer erheblich erhöht.

»Hat er noch Geschwister?«, fragte ich.

»Ich hab ihn nicht gefragt«, sagte Martin. Zeitweise führte er zwei Telefongespräche gleichzeitig.

»Wo bleibtn Mr Jeepster?«, stieß eines der Bleichgesichter am »Substanz«-Tresen hervor.

Ich sagte: »Der kommt nicht.«

»Wieso nicht?«

»Er arbeitet.«

»Wieso?«

»Er macht das Gleiche wie wir«, sagte ich. »Er versucht rauszukriegen, was mit Edward Loos passiert ist.«

»Wieso?«

»Bitte?«

»Wieso?«

Je länger ich mein Gegenüber und die anderen, aus verschiedenen Bundesländern stammenden Freunde des unsichtbaren Akkords betrachtete, desto mehr war ich davon überzeugt, sie verbrachten nach ihrem Ausscheiden aus dem Wettbewerb nicht ein paar zusätzliche Ferientage in München, sondern sie schafften es einfach nicht wegzukommen. Massiv bebiert, schleppten sie sich als Opfer der Schwerkraft durch die Straßen, blieben in Stehausschänken kleben wie Groupies an Stars und übten zwischendurch an ihren Gitarren komplizierte Riffs. Jedenfalls sah, was The Opera tat, ganz danach aus.

»Würden Sie das bitte lassen«, sagte Sonja Feyerabend.

»Was?«

»Das ist eine polizeiliche Vernehmung, reißen Sie sich zusammen.«

Ich fand, Sonja sollte zu The Opera nachsichtiger sein, denn er hatte das fünfzehnte Lebensjahr höchstens um fünf Jahre überschritten. Wie die meisten seiner Zunft trat er nicht unter seinem richtigen Namen auf, der Konstantin Berg lautete und keine Rolle spielte, zumindest im Moment nicht. Martin Heuer nannte sich Mr Jeepster, vermutlich nach einem Song der Siebziger-Jahre-Band T. Rex, doch aus unerfindlichen Gründen weigerte er sich, das zuzugeben. Was Martin außer dem Alter – die meisten Teilnehmer waren zwischen achtzehn und dreißig – von seinen Konkurrenten unterschied, war, dass er seinen Auftritt nicht allein bestritt, sondern mit einer Kombo auftrat. Als der Conférencier ihn am ersten Abend ankündigte, sagte Sonja: »Das ist mir zu blöd, ich geh.« Ich hielt sie fest, und es klappte. Die Menge grölte, und ich war neugierig zu erfahren, wie jemand ohne Instrument Mitglied einer Band sein konnte, die nicht existierte. Und egal, wie oft Sonja Feyerabend von einem Lachkrampf geschüttelt wurde, nicht zuletzt auf Grund des fabelhaften Zusammenspiels mit seinem Quartett, das noch dazu einen unaussprechlichen Namen hatte, erreichte Martin das Finale, und zwar als krasser Außenseiter. Sein Mut, nicht sich selbst in den Mittelpunkt zu stellen, überzeugte die Jury vom ersten Song an. Und ebenso natürlich seine technische Brillanz.

»Ich geh mal raus, eine rauchen«, sagte Faks, der Wirt.

Seltsame Welt: Eine Horde ausgepowerter Luftgitarristen und ein Wirt, der vor die Tür seines Lokals ging, um eine Zigarette zu rauchen.

»Hat einer von euch Edward Loos schon früher mal gesehen?«, sagte Sonja, die sich weigerte, ihre lederne Schirmmütze abzunehmen. Der Geruch nach kaltem Rauch und abgestandenem Bier brachte sie dazu, sich ständig an der Nase zu zupfen.

Von den kahlen Gesichtern ging eine orchestrale Stille aus.

»Hallo«, sagte Sonja.

Einige wankten, andere schienen mit offenen Augen zu schlafen. Wie sie es geschafft hatten, hierherzukommen, blieb mir ein Rätsel.

»Hallo«, sagte ein rothaariger dürrer Junge, den ich im ersten Moment auf höchstens vierzehn schätzte.

»Ja?«, sagte Sonja.

»Was weißt du über Edward?«, sagte ich.

»The Vagabond«, sagte der Rothaarige.

Seinen Künstlernamen hatte ich vergessen gehabt.

»Bist du schon einmal mit ihm aufgetreten?«
»Wir sind in Oulu gewesen.«
»In Oulu«, sagte Sonja.
Ich sagte: »Bei der Weltmeisterschaft.«
»Klar.«
Sonja nickte. Martin hatte uns von dem finnischen Ort erzählt.
Ich wartete. Vor mir standen nebeneinander wie Rekruten zwanzig junge Männer, regungslos, womöglich kurz vor dem Verdursten. Wahrscheinlich hatten wir einen Fehler gemacht, wir hätten Martin mitbringen müssen, ihn kannten sie, er war einer von ihnen, an der Gitarre wie am Tresen.
»Wie heißt du?«, fragte ich. Nichts fiel mir in meinem Beruf schwerer, als Fragen zu stellen, und seien sie noch so schlicht, ich hörte lieber zu. Zuhören war ergiebiger, das hatte ich in meinen mehr als zwanzig Jahren bei der Kriminalpolizei gelernt. Aber gelegentlich fragte ich aus purer Notwehr, andernfalls hätte ich mein Gegenüber einfach stehen lassen, mich umgedreht und gegen die Wand geschrien.
»Zoll«, murmelte der junge Mann.
»Was?«, sagte ich laut. Meine Stimme kam mir ungezügelt über die Lippen. Der Junge zuckte zusammen und mit ihm die ganze Reihe. Sonja zupfte missgestimmt an ihrer Nase.
»Ingo Zoll«, sagt der Rothaarige.
Ich zog meinen kleinen karierten Spiralblock aus der Hemdtasche und notierte den Namen.

»The Knightfish.«
»Bitte?«, sagte ich.
»Unter Knightfish tret ich auf.«
»Nachtfisch?«
Jemand gab einen kehligen Laut der Belustigung von sich, ohne dass das Gesicht davon profitierte. Ich hatte nicht aufgepasst, wer es war.
»Knight heißt Ritter«, sagte Ingo.
»Hast du eine Ahnung, wo dein Kollege stecken könnte, Ingo?«
»Hab ich nicht«, sagte er. Nach einer Pause, in der er die Stirn runzelte und stöhnte, sah er in die Gesichter der anderen und wischte sich über den Mund. »Ich habs dem Jeepster am Telefon schon gesagt, ich weiß nix, der Vagabond ist ganz normal, er ist ein Air-Guitar-Ass, darüber haben wir gesprochen, über sonst nix. Über Air-Guitar-Moves und so Sachen, über sonst nix.«
»Was sind Air-Guitar-Moves?«, fragte Sonja.
»Mann!«
»Die Bewegungen auf der Bühne«, sagte ich.
»Was denn sonst?«
»Hat jemand von euch mit Edward Loos gesprochen?«, sagte Sonja, die eine innere Pumpgun für Leute besaß, die ihr die Zeit raubten. »Ihr seid hier tagelang beieinander, jeden Abend, ihr trinkt zusammen, erzählt ihr euch nichts Privates? Was ihr sonst so macht?«
»Wie sonst so?«, sagte einer der Blassen, der älter aussah, als er vermutlich war, die Augenringe hingen ihm fast bis zu den Knien.

»Arbeit! Leben! Wirklichkeit!«, sagte Sonja laut, als verkünde sie ein Manifest. Brodelnd vor Verlangen stand ich neben ihr und starrte sie an, wie die versteinerten Air-Guitar-Movers mich anstarrten.

»Ach so«, sagte der junge Mann.

Dann herrschte auf der ganzen Linie Schweigen.

Nach einer Weile kam Faks, der Wirt, zurück und stellte sich an den Rand des Tresens. »Heut ist Pause«, sagte er. »Heut bleiben die Gitarren im Schrank, heut Abend ist normaler Betrieb. Ich muss eine Menge erledigen, wenns euch nichts ausmacht, würd ich dann gern gehen. Ihr kriegt doch eh nichts raus.«

»Sonst hat niemand was zu sagen«, sagte ich.

Niemand sagte etwas.

»Jetzt seid ihr extra hergekommen.«

»Der Jeepster hat gesagt, wir sollen kommen«, sagte Knightfish.

»Der schaffts«, sagte The Opera unvermittelt.

»Was schafft er?«, fragte Sonja.

»Den Sieg, wasn sonst?«

»Dazu muss Edward Loos erst zurückkommen«, sagte ich.

»Wie heißt der?«, sagte einer, der bisher keinen Ton von sich gegeben hatte.

»Edward Loos«, sagte ich. »Weißt du was über ihn?«

»Nö.«

»Der hat doch einen Bruder, oder?«, sagte Faks. »Habt ihr mit dem schon geredet?«

»Was für einen Bruder?«, sagte ich.

»Einen Bruder.«

Faks schaute auf die Uhr und schlug mit der Hand auf die Theke. »Los jetzt.«
»Woher wissen Sie das?«, fragte Sonja.
»Er hat von ihm geredet, beim Rausgehen, gestern, vorgestern, was weiß ich.«
»Vorgestern, am Mittwoch, wollte er abends seine Mutter besuchen«, sagte ich.
»Ja, ja«, sagte Faks. »Ich hab ihn nicht gefragt, er war ziemlich angesoffen, er hat irgendwas von seinem Bruder gelabert.«
»Was hat er gelabert?«, sagte ich.
»Weiß ich nicht.«
»Es ist wichtig«, sagte Sonja sehr diszipliniert.
»Ich weiß es nicht«, sagte Faks und schaute sie an, als wäre sie eine Luftgitarristin.
»Bruder kann sein«, sagte Knightfish. »Er hat mal einen erwähnt, glaub ich. Ich glaub, ja.«
Doch mehr an Glauben war nicht aus ihm herauszubekommen.
Auf der Straße musste ich zwanzig eisgekühlte Hände schütteln. Gegen die Hilfsbereitschaft und Höflichkeit von Luftgitarristen konnte man nichts sagen.

2

Am Mittag dieses Freitags, dem Dreizehnten, gab es keinen Zweifel: Der siebenunddreißigjährige Architekt Edward Loos war verschwunden. Zumindest ließen die Befragungen, die Martin Heuer den ganzen Vormittag über durchgeführt hatte, keinen anderen Schluss zu. Allerdings hatte er mit Mildred Loos, der Mutter, bisher nur kurz sprechen können, da sie wegen eines dringlichen Zahnarzttermins keine Zeit gehabt, immerhin aber erklärt hatte, sie habe von ihrem Sohn seit Mittwoch Abend nichts mehr gehört.

»Hat sie ihren zweiten Sohn nicht erwähnt?«, fragte Sonja.

»Nein«, sagte Martin. Zum Zeitpunkt, als er mit Mildred Loos telefoniert hatte, hatte er so wenig gewusst von ihm wie wir. Und wir kannten nach wie vor nicht einmal seinen Namen.

Als Sonja und ich ins Dezernat in der Bayerstraße zurückkehrten, beendete Martin gerade sein letztes Protokoll. Nachdem er es ausgedruckt und kopiert hatte, setzten wir uns an den runden Tisch unter dem Fenster, außer uns dreien noch Volker Thon, der Leiter der Vermisstenstelle, und Paul Weber, unser ältester Kollege. Und während Thon nach italienischem Eau de Toilette duftete und an seinem Seidenhalstuch nestelte, verströmten Sonja und ich den Geruch nach kaltem Rauch, und unsere Schuhspitzen berührten sich unter dem Tisch wie die von Kindern, die dem Augenblick eine Heimlichkeit abluchsen. Manchmal sah Weber von dem Blatt, das er las, auf und hielt den Kopf ein wenig schräg, als lausche er einem Geräusch, das niemand hören durfte.

»Solange wir nicht mit der Mutter und dem Bruder gesprochen haben, unternehmen wir nichts«, sagte Thon. »Wir haben genügend andere, konkrete Fälle. Hast du im Fall Vanessa den Schulleiter erreicht, Paul?«

»Er sagt, er ist ratlos«, sagte Weber.

Nach einer Party bei Freunden war die sechzehnjährige Schülerin Vanessa Wegener nicht nach Hause gekommen, stattdessen hinterließ sie ihren Eltern einen Brief, den sie offenbar nachts in den Briefkasten geworfen hatte und in dem sie ihnen erklärte, sie brauche eine Auszeit von der »verdammten Mühle«, wie sie die Schule bezeichnete. Ihre Freunde mauerten, wie wir das in solchen Fällen gewohnt waren, und obwohl ihre Eltern vermuteten, sie verstecke sich lediglich bei einer Freundin, hatten wir Hinweise auf einen unbekannten älteren Mann, mit dem sich Vanessa nach Aussagen von zwei Mitschülerinnen, die nicht näher mit ihr befreundet waren, in den vergangenen Wochen mehrmals heimlich getroffen habe; die Mädchen hatten sie in einen weißen BMW steigen sehen.

Dieser Fall war einer von fünf Vermissungen, die wir in der ersten Februarhälfte zu bearbeiten hatten, alle fünf betrafen Jugendliche oder junge Erwachsene und bargen unter der scheinbar harmlosen Oberfläche beunruhigende Abgründe.

»Vielleicht machen wir uns nur was vor«, sagte Weber,

warf mir einen schnellen Blick zu und legte den Kopf schief. Wie immer hatte er die Ärmel seines rot-weiß karierten Hemdes hochgekrempelt, graue Haarbüschel sprossen aus seinen kräftigen Armen, und seine Ohren waren dunkelrot. Er saß zurückgelehnt, damit sein Bauch Platz hatte, ein bulliger Mann mit geschneckelten Haaren, den ich, obwohl wir nie darüber gesprochen hatten und er eine derartige Rolle auch abgelehnt hätte, von Anfang an als Lehrmeister betrachtet hatte, Lehrmeister im Zuhören, Lehrmeister in den Dingen, die nicht im Polizeiaufgabengesetz oder in den Dienstvorschriften standen. Vor kurzem war er Witwer geworden, nach siebenundzwanzig Jahren Ehe, und lange nach der Beerdigung seiner Frau Elfriede begriff ich, dass er mich wieder etwas gelehrt hatte, was ich versuchen musste zu begreifen und für mein eigenes Leben zu nutzen, etwas, das mit der vollkommenen Hingabe an den Abschied zu tun hatte.

»Wir haben Vanessas beste Freundin Anke ins Dezernat bestellt«, sagte Sonja Feyerabend und zog ihren Fuß zurück. »Bestimmt weiß sie was über den Mann im weißen BMW.«

»Natürlich weiß sie was«, sagte Thon.

»Habt ihr meine Protokolle zu Ende gelesen?«, sagte Martin Heuer.

»Auch wenn dieser Mann Luftgitarre spielt«, sagte Thon. »Er ist erwachsen, er muss sich bei niemandem abmelden, er kann gehen, wohin er will.«

Worauf Thon anspielte, betraf die Grundfragen bei jeder

Vermissung eines Erwachsenen: Da nach dem Grundgesetz jeder Mensch das Recht auf freie Entfaltung seiner Persönlichkeit hat, konnten wir niemanden, der seinen gewohnten Lebenskreis verließ, zwingen zurückzukehren, auch wenn die engsten Verwandten uns anflehten, ihnen wenigstens die Adresse zu verraten. Darüber hinaus mussten wir klären, ob für den Verschwundenen eine Gefahr für Leib und Leben bestand oder es sich möglicherweise um eine Hupfauf-Vermissung handelte, was bedeutete, der Gesuchte würde nach einem spontanen Streifzug durch die Gemeinde – aus welchen Lokalitäten und Personen diese auch bestehen mochte – innerhalb weniger Tage wieder zu Hause sein, und wir würden die Akte schneller schließen, als ein Kind einmal mit dem Seil springen kann. Entscheidend jedoch war, dass jemand – ein Verwandter, ein Freund – eine Vermisstenanzeige aufgab und damit den Polizeiapparat in Gang setzte. Das war im Fall Edward Loos bisher nicht geschehen, und bei allem Respekt vor Martin Heuers langjähriger Erfahrung als Kriminalist hätte Thon keine Zeile ans Landeskriminalamt geschickt, wo ein Kollege die Informationen ins INPOL-System eingab und ans BKA zum Abgleich mit den Daten unidentifizierter Toter und unbekannter hilfloser Personen weiterleitete. Die Bearbeitung eines Vermisstenfalls führte trotz der Computertechnik noch immer zu Stapeln von betipptem oder ausgedrucktem Papier. Unzählige Fernschreiben und Faxe, in unterschiedlichen Farben und Größen, erreichten täglich die Dienststellen, und wann

immer wir es für angebracht hielten, versuchten wir eine vorschnelle Vermisstenanzeige zu vermeiden. Das war den Angehörigen schwer zu vermitteln, aber wenn es klappte, dann kehrte der Vermisste meist zurück, bevor wir das erste Blatt eingespannt hatten. Viele Kollegen benutzten weiterhin die Schreibmaschine, oft aus dem schlichten Grund, weil in einer Inspektion nicht genügend Computer vorhanden waren.
Elf Seiten umfassten Martins Gesprächsnotizen, und obwohl sie keinen direkten Hinweis auf einen möglichen Aufenthaltsort des verschwundenen Architekten enthielten, hatte ich beim Lesen den Eindruck, diese Aussagen bildeten ein Mosaik von Geheimbotschaften, von denen die meisten Befragten nichts ahnten und die doch die ganze Geschichte der Abwesenheit von Edward Loos erzählten.

Alina Meyerlink, neunundzwanzig, Architektin in der Bürogemeinschaft Bachmann-Vogl-Loos, vermutlich Geliebte von Edward Loos: »Das ist lustig, wenn Sie sagen, er ist verschwunden, das passt zu ihm.«
Martin Heuer: »Erklären Sie mir das.«
Alina: »Er ist doch jetzt in gewissem Sinn unsichtbar, nicht? Ich meine, er ist Spezialist für das Unsichtbare, seine Entwürfe sind so, Glas, Zwischenräume, Auslassungen, er ist derjenige bei uns, der immer zuerst fragt: Was kann man weglassen? Am Anfang fand ich ihn ziemlich merkwürdig.«
MH: »Warum?«

Alina: »Weil er sich nicht darum gekümmert hat, was die anderen sagen. Und Sie müssen wissen, er ist nicht der Wichtigste im Team, bitte verstehen Sie mich nicht falsch, nicht der Wichtigste heißt nicht, er wär nicht wichtig, er ist wichtig, aber Ludger und Jens sind diejenigen, die am meisten nach außen wirken, sie machen die Verträge, sie entwickeln die Grundkonzepte, sie repräsentieren das Büro in der Öffentlichkeit.«
MH: »Ludger Vogl und Jens Bachmann.«
Alina: »Umgekehrt, Ludger Bachmann und Jens Vogl, sie haben die Bürogemeinschaft gegründet, Edward ist später dazugekommen.«
MH: »Beschreiben Sie ihn als Menschen.«
Alina: »Unauffällig. Das ist mir jetzt so rausgerutscht. Aber es stimmt, er macht nicht viel her von sich, erst hab ich gedacht, er ist unsicher, er bringt es nicht, ich meine, in diesem Beruf haben Sie wenig Chancen, wenn Sie introvertiert sind, das ist jedenfalls meine Erfahrung, obwohl ich erst zwei Jahre in dem Büro arbeite, Jens und Ludger sind extrovertiert, sehr wach, was potenzielle Auftraggeber angeht, sie reisen viel, sehen sich um, Edward gar nicht. Er verreist praktisch nie, er arbeitet fünfzehn Stunden am Tag und dann sitzt er noch zwei, drei Stunden am Computer und besorgt sich Informationen aus dem Internet.«
MH: »Hat er kein Privatleben?«
Alina: »Wir arbeiten alle sehr viel, besonders in diesen Zeiten. Personal ist teuer, die öffentliche Hand vergibt weniger Aufträge, die Sparmaßnahmen treffen uns ge-

nauso wie jeden anderen Berufszweig, wir müssen viele Kompromisse machen.«

MH: »Hat Edward Loos eine Freundin?«

Alina: »Wir waren mal zusammen, aber ich möcht eigentlich nicht darüber sprechen.«

MH: »Hat er Sie verletzt?«

ALina: »Nein. Ich weiß nicht. Wir sehen uns immer noch manchmal. Ich weiß nicht, das ist mir zu privat.«

MH: »Haben Sie das Wort Luftgitarre schon mal gehört?«

Alina: »Luftgitarre? Was soll das sein?«

HM: »Es gibt Jugendliche, die tun so, als würden sie zur Musik Gitarre spielen.«

Alina: »Ach so.«

MH: »Es gibt auch Erwachsene, die das tun.«

Alina: »Erwachsene Männer, meinen Sie?«

MH: »Ja.«

Alina (nach einer Pause): »Edward? Er macht das auch?«

MH: »Ja.«

Alina: »Davon weiß ich nichts, das hab ich nie mitgekriegt. Ehrlich? Aber ist das verboten? Wieso ist das so wichtig?«

MH: »Wissen Sie, warum Edward Loos nach München gereist ist?«

Alina: »Nein, wir haben uns alle gewundert, Jens und Ludger genauso, alle. Schon vor drei oder vier Monaten hat er angekündigt, dass er in dieser Woche Urlaub nehmen muss, wir haben ihn gefragt, was los ist, in den zwei Jahren, seit ich im Büro bin, hat er nie Urlaub genommen.«

MH: »Was war seine Begründung?«

Alina: »Keine. Er hat nur gesagt, er will eine Woche nach München. Wir haben ihn gefragt, ob er dort Karneval feiern will, er hat nichts dazu gesagt.«

MH: »Zu Ihnen auch nicht?«

Alina: »Zu mir? Nein. Zu mir auch nicht.«

MH: »Haben Sie ihn nicht gefragt?«

Alina: »Doch.«

MH: »Und?«

Alina: »Nichts und. Er hat mir nichts gesagt. Entschuldigen Sie, ich müsste jetzt weitermachen, wir haben hier Probleme mit dem Aufsichtsrat des Konzerns, für den wir gerade ein neues Projekt entwerfen, sehr wichtiger Auftrag, enge Verbindung mit der thüringischen Landesregierung, Sie verstehen schon.«

MH: »Was ist das für ein Projekt?«

Alina: »Das möcht ich Ihnen nicht sagen, da müssen Sie mit Herrn Bachmann oder Herrn Vogl sprechen.«

MH: »Wann haben Sie Edward Loos zum letzten Mal gesehen?«

Alina (nach einer langen Pause): »Am Sonntag. Bevor er nach München abgefahren ist.«

MH: »Und er hat Ihnen auch an diesem Sonntag nicht gesagt, was er in München machen will.«

Alina: »Nein.«

MH: »Was haben Sie vermutet?«

Alina: »Nichts.«

MH: »Sie haben eine andere Frau vermutet.«

Alina: »Er kann machen, was er will.«

MH: »Wissen Sie, ob er Verwandte in der Stadt hat?«
Alina: »In München? Weiß ich nicht.«
MH: »Hat er nie mit Ihnen über seine Eltern gesprochen?«
Alina: »Ich hab ihn mal gefragt, aber er ist nicht weiter drauf eingegangen. Ich muss jetzt wirklich los.«
MH: »Seine Mutter lebt in München.«
Alina: »Warum fragen Sie mich dann, wenn Sie es wissen.«
MH: »Hat er Ihnen gesagt, wann er nach Erfurt zurückkommt?«
Alina: »Am Montag muss er im Büro sein, da haben wir eine extrem wichtige Sitzung. Ich hab Ihnen doch gesagt, er hat eine Woche Urlaub genommen, nicht länger.«
MH: »Und Sie haben nicht die geringste Idee, wo er sich aufhalten könnte?«
Alina: »Nein, und das geht mich auch nichts an.«

Nach mehreren vergeblichen Versuchen und einem kurzen Gespräch mit Jens Vogl gelang es Martin Heuer in einer Sitzungspause, Ludger Bachmann ans Telefon zu bekommen. Über das Verschwinden seines Kompagnons schien der Architekt sich wenig zu wundern.
MH: »Wieso haben Sie Edward Loos heute vor zwei Wochen zum letzten Mal gesehen? Waren Sie in der vergangenen Woche verreist?«
Bachmann: »Ich war nicht verreist, er war abwesend. Wenn ich im Büro war, war er gerade draußen, und wenn ich an der Baustelle war, war er sonstwo.«
MH: »Wo denn?«

Bachmann: »Ich weiß nicht, was passiert ist, Herr Heuer. Es interessiert mich auch nicht besonders, wir haben hier ein Projekt, das gestartet ist, und jetzt taucht ein Eisberg aus dem Nebel auf. Das ist nicht lustig, wir müssen das Steuer rumreißen, verstehen Sie mein Problem? Wenn das Projekt platzt, muss ich Leute entlassen, ich verliere Millionen, vom Prestige ganz zu schweigen. Und in dieser entscheidenden Woche nimmt mein Kollege Urlaub, das ist das, was zählt.«
MH: »Hat er gewusst, wie wichtig diese Woche sein würde, als er den Urlaub angemeldet hat?«
Bachmann: »Herr Heuer! Wir sind ein Team. Bachmann-Vogl-Loos, wir leiten alle drei dieses Büro, bei uns braucht niemand seinen Urlaub anzumelden, wir sprechen uns ab, fertig. Natürlich hat sich die Situation in den letzten sechs Wochen verschärft, die Umstände ändern sich manchmal. Dann muss ich meinen Urlaub verschieben, dann muss ich eine flexible Lösung finden. Wenn Sie einen Mord aufzuklären haben, können Sie auch nicht sagen, ich hab jetzt Feierabend.«
MH: »Edward Loos konnte also nicht damit rechnen, dass er gerade in dieser Woche besonders gebraucht wird.«
Bachmann: »Doch. Er konnte damit rechnen, seit mindestens zwei Monaten. Und ich habe ihn gebeten zu bleiben, eindringlich habe ich ihn gebeten. Er wollte nicht. Er hat zu mir gesagt, er kann diese Reise nicht verschieben. Jetzt sagen Sie, er ist verschwunden, gut, in meinen Augen ist er seit einer Woche verschwunden, denn ich weiß nicht, wieso er in München und nicht hier in Erfurt

ist. Und ich weiß nicht, warum er sich seit zwei Tagen nicht erkundigt, wie es mit unseren Verhandlungen steht. Von diesen Verhandlungen sind nämlich wir alle abhängig, er auch, er am meisten.«

MH: »Wie meinen Sie das?«

Bachmann: »Das ist intern, darüber spreche ich nicht.«

MH: »Für welchen Konzern entwickeln Sie das neue Projekt?«

Bachmann: »Sportartikelindustrie, ein neues innovatives Herstellungszentrum mit Sporthallen, zwei Studios für die Produktion von Werbefilmen et cetera, ein deutsch-amerikanisches Mammutprojekt, ich habe heute Nacht mit einem unserer Investbanker aus New York telefoniert, sie sind weiter dabei, solange die Thüringer nicht einknicken, die kriegen plötzlich Schiss. Die Baukosten werden sich erhöhen, die Infrastruktur kostet mehr als geplant, aber am Ende werden hunderttausend Leute Arbeit finden, und zwar sichere Arbeit, in den verschiedensten Bereichen. Was ich im Moment mache, ist im Grunde Psychologie, Sie können sich gar nicht vorstellen, wie ängstlich Politiker sein können. Wenn eine Wahl ansteht, blasen sie gigantische Visionen in die Welt, und hinterher ziehen sie die Decke über den Kopf, weil sie mit der Wirklichkeit nicht klarkommen.«

MH: »Warum wollte Edward Loos seinen Urlaub nicht verschieben?«

Bachmann: »Fragen Sie ihn, wenn Sie ihn gefunden haben. Ich verrate Ihnen was, behalten Sie es für sich, es ist nicht mein Stil, erst mit anderen zu sprechen, bevor ich wichtige Entscheidungen treffe. Edward passt nicht mehr zu uns, er hat großartige Sachen entwickelt, er hat Reihenhaussiedlungen entworfen, da brauchen Sie keinen Strom mehr, so viel Licht fällt in die Räume, er ist ein Ass auf diesem Gebiet, er versteht viel von Dingen, die man nicht sieht, von der Arbeit mit Luft, von Abständen, von Trägern und Wänden, die Sie nicht bewusst wahrnehmen, weil sie verschiebbar sind oder so gelegt, dass sie absolut harmonisch in den Raum passen. Edward hat Preise für seine Ideen bekommen, zu Recht, alles zu Recht. Aber in gewisser Weise ist er im Kleinen stecken geblieben, er arbeitet gern für private Auftraggeber, überschaubare Projekte, kleine Gebäude für kleine Leute oder eben diese Reihenhäuser, die wirklich sensationell aussehen mit ihren großen Glasfassaden, diesen Balkonen, die wirken, als würden sie schweben, dieses helle, freie, phantasievolle Ambiente, fabelhaft für die Bewohner. Das soll er auch weiterhin machen. Aber nicht bei uns. Zudem – behalten Sie das bitte für sich, sowie er zurück ist, werde ich ihm das selbst sagen – zudem ist er nicht mehr kooperabel, er hat sich zu einem Tüftler entwickelt, er macht seine Sachen, ja, er hat Phantasie, deswegen haben wir ihn vor fünf Jahren auch mit aufgenommen, nur: Das reicht nicht. Das reicht nicht, wenn Sie nach vorn kommen wollen, wir sind zu gut für Reihenhäuser, bitte verstehen Sie mich nicht falsch, Edward findet garantiert schnell einen neuen Job, solche Leute werden überall gebraucht. Ich muss jetzt wieder rein.«

MH: »Haben Sie ihn nicht gefragt, was er in München will?«
Bachmann: »Er hat mir gesagt, er hat ein paar private Dinge zu erledigen, anscheinend sehr dringende private Dinge.«
MH: »Was für private Dinge?«
Bachmann: »Das hat er mir nicht verraten.«
MH: »Ihrem Kompagnon auch nicht?«
Bachmann: »Zwischen den beiden funktioniert es schon länger nicht mehr. Das ist auch ein Grund, weswegen wir die Struktur im Büro ändern müssen. So etwas wirkt sich auf die Kreativität aus, ich mag das nicht, solche unausgesprochenen Aversionen, das können wir uns nicht erlauben. Gradlinigkeit, darauf kommts an, wahrscheinlich ist das in Ihrem Beruf dasselbe.«
MH: »Ahnt Edward Loos, dass Sie ihn feuern wollen?«
Bachmann: »Ich bitte Sie, ich feuere meinen Kollegen nicht, wir trennen uns, ich habe Ihnen gesagt, wir leiten das Büro gemeinsam, wir treffen Entscheidungen gemeinsam.«
MH: »Und wenn er mit dieser Entscheidung nicht einverstanden ist?«
Bachmann: »Sie meinen, wenn er sich weigert zu gehen?«
MH: »Das meine ich.«
Bachmann: »Dann soll er bleiben. Dann werden wir sehen, wie es weitergeht. Aber es wird nicht weitergehen. Und das weiß er. Darüber mache ich mir keine Sorgen.«
MH: »Sind Edward Loos und Alina Meyerlink ein Paar?«

Bachmann: »Sie hatten ein Verhältnis, mehr war da nicht. Ich kann mich nicht erinnern, dass Edward je eine länger dauernde Beziehung gehabt hätte. Er ist ein Einzelgänger, in gewisser Weise ist er beziehungsuntauglich, in privater wie in beruflicher Hinsicht. Sein Wesen hat was Abstraktes, manchmal habe ich schon gedacht, er wäre der ideale Maulwurf, ein Agent auf Abruf. Wer weiß, vielleicht ist er einer.«

Bevor er ihn wie die übrigen Phantommusiker zur Vernehmung ins »Substanz« schickte, war es Martin gelungen, vom vollkommen verschlafenen Ingo Knightfish Zoll noch ein paar halbwegs klare Antworten zu bekommen.

MH: »Und er hat in Oula nie irgendetwas über München gesagt?«

Ingo: »Oulu, die Stadt heißt Oulu. Nokia, die arbeiten alle bei Nokia.«

MH: »München, Knightfish, hat The Vagabond München erwähnt?«

Ingo: »Nein.«

MH: »Wie ist dein Eindruck vom Vagabond? Was, würdest du sagen, ist der für ein Typ?«

Ingo: »Sehr guter Typ. Er wird das Rennen machen, Mann, er haut uns alle weg, dich auch, Mann, sorry, dass ich so direkt sein muss.«

MH: »Aber was ist der für ein Charakter? Beschreib ihn mal.«

Ingo: »Wie spät? Der ist okay, er ist ein Freak, obwohl er

schon so alt ist, nimms nicht persönlich, Mann! Er ist okay, wir werden alle alt, wenn nichts dazwischen kommt. Ein Luftkrieg oder so.«

MH: »Was für ein Luftkrieg?«

Ingo: »Ein Luftkrieg aus der Luft. Dann sind wir fertig, da ist dann Sense mit Altwerden, da musst du auf die Wiedergeburt warten.«

MH: »Glaubst du an Wiedergeburt?«

Ingo: »Ich bin eine Wiedergeburt, Mann! Ich war Jimi Hendrix in meinem früheren Leben. Oder Eric Clapton.«

MH: »Der lebt noch.«

Ingo: »Echt? Scheiße, Mann, sorry.«

MH: »Wovon hat The Vagabond in Oulu gesprochen? Hat er von seiner Arbeit als Architekt erzählt?«

Ingo: »Ist lang her, Mann. Ich bin müde. Er wollt weg, glaub ich, ich glaub, der hatte die Schnauze voll, von allem, er hat nichts Bestimmtes gesagt, glaub ich, er hat bloß gesoffen und war depressiv, superdepressiv war der.«

MH: »Und er hat keine Andeutung gemacht, warum er deprimiert ist?«

Ingo: »Kann ich mich nicht erinnern, ich hab auch gesoffen, er hat mich eingeladen, er hat Geld gehabt, ich glaub, er hat gesagt, er packts nicht mehr, er packts nicht mehr und wills auch nicht mehr packen.«

MH: »Was hat er nicht mehr gepackt?«

Ingo: »Alles. Wieso ist der verschwunden? Was ist mit dem?«

MH: »Hattest du den Eindruck, er will sich was antun?«

Ingo: »Klingt gut: sich was antun. Du meinst, ob ich glaub, dass er sich ins Meer stürzen wollt oder sich an einem Tannenbaum aufhängen da oben?«
MH: »So was meine ich.«
Ingo: »Glaub ich nicht. Weiß ich nicht. Glaub ich nicht.«

»Ich halt es für möglich«, sagte Martin Heuer bei unserer Besprechung in Thons Büro. »Wir können es zumindest nicht ausschließen.«
»The Vagabond«, sagte Thon. »Habt ihr alle solche Namen?«
»Ja.«
Thon wartete auf Martins Erklärung.
»The Jeepster. Das ist mein Bühnenname.«
»Was soll das bedeuten?«, sagte Thon. »Bist du der Billigste?«
»Jeepster von Jeep«, sagte Martin.
Sonja schüttelte den Kopf.
»Was ist denn das Besondere am Luftgitarrespielen?«, sagte Paul Weber. »Sei mir nicht böse, aber ich hab keine Lust, in solche Kneipen zu gehen. Außerdem hab ich dich ja auf der Weihnachtsfeier spielen sehen.«
»Bin gleich wieder da«, sagte Sonja Feyerabend und verließ das Büro.
»Das Besondere«, sagte Martin, »ist, man muss sich nicht verstellen. Obwohl alle Blicke auf dich gerichtet sind, bist du ganz in deinem Element, du vergisst, dass es noch eine andere Welt gibt, die Wirklichkeit ändert sich.«
Niemand sagte etwas. Nie zuvor hatte Martin Heuer in

diesen Räumen solche Dinge von sich gegeben. Er machte seine Arbeit und verschwand, und wenn er zu viel getrunken hatte, signalisierte er am nächsten Morgen mit einem einzigen Blick die totale Unansprechbarkeit, und jeder, der ihn kannte, respektierte seine Stimmung. Jetzt unterstrich er mit ruckartigen Handbewegungen seine Leidenschaft für ein Hobby, das ihn gerade in diesen Tagen, in denen die deutschen Champions in der Stadt auftraten und er mit ihnen heftig konkurrierte, in eine Form von Euphorie zu versetzen schien, die mir bisher verborgen geblieben war. Auf seinem hageren Gesicht mit der geröteten Knollennase und den fast schwarzen Tränensäcken lag eine glänzende Schicht, die seine Haut weniger grau und alt aussehen ließ. Die spärlichen Haare waren nicht wie üblich zu einem Kranz geformt, sondern standen kurios ab, und in seinen Augen glaubte ich ein schalkhaftes Sprühen zu erkennen, Signale unbändiger Freude. Sogar Volker Thon hörte ihm verblüfft zu.

»Du streifst deine falsche Haut ab, deine Erwachsenenhaut, wenn du willst. Du bist ein Kind, und niemand stört sich daran, im Gegenteil, je kindischer du wirst, umso besser für dein Spiel, für deine Bewegungen, deine Ausgelassenheit. Aber du darfst nicht rumhampeln, du darfst dir nicht sagen, ich mach jetzt Quatsch, ich verarsch jetzt die Leute und mich selber und die Musik. Die Musik ist da, sie ist wirklich, du kannst sie hören, sie ist laut, sehr laut, und du spielst dazu, du spielst die Riffs, die Akkorde, einzelne Noten, Soli, du tauchst in die

Musik und verschwindest in ihr, und deine Seele geht in Flammen auf.«
Er bewegte den rechten Arm auf und ab und krümmte die Finger, als halte er ein Plektrum und schlage damit auf die Saiten seines Instruments. »Das ist Anwesenheit, das ist Leben, und du teilst es mit den anderen, die vor dir oder nach dir auf die Bühne kommen, und vor allem teilst du es mit den Leuten unten im Publikum, sie feuern dich an, sie schreien deinen Namen, sie wollen, dass du dich verausgabst, dass du sie mitnimmst, dass du auch ihre Seele in Brand steckst. Das ist Luftgitarrespielen.«
Sonja war zurückgekommen und stand stumm im Türrahmen. Als Thon zu ihr hinsah, zuckte sie mit der Schulter.
»Faszinierend«, sagte Weber. »Und das hab ich richtig verstanden: Du bist in die Endausscheidung gekommen, du hast alle bisherigen Runden gewonnen?«
»Ich bin im Finale, ich trete gegen Edward The Vagabond Loos an.«
Thon stand auf und zupfte an seinem Halstuch. »Ich drücke dir die Daumen. Von mir aus sprecht mit der Mutter, und danach warten wir ab, ich bin sicher, dein Gegner taucht morgen gesund wieder auf. Womöglich hat er sich eine neue Gitarre gekauft.«
»Oder einen neuen Gitarrenkoffer«, sagte ich.
Thon wandte sich an Sonja. »Du und Paul, ihr nehmt die Freundin von Vanessa in die Mangel, die kommt hier nicht raus, bevor sie uns gesagt hat, wer der Mann im BMW ist.« Er steckte sich einen Zigarillo zwischen die

Lippen und drehte sich zu uns um. Er wollte noch etwas zu Martin sagen, aber dann entschied er sich dagegen.
»Bevor wir die Mutter besuchen, muss ich dir etwas zeigen«, sagte Martin im Treppenhaus zu mir. »Du bist der Einzige, der nicht darüber lachen wird.«
Aber dann lachte ich doch.

3

Auf der geblümten Pensionscouch, die das gleiche Muster wie die Vorhänge und die Stuhlpolster hatte, lag ein schwarzer, abgeschabter Gitarrenkoffer. Das französische Bett war mit gelben Laken überzogen und der kleine viereckige Holztisch mit der braunen Tischdecke übersät von Zeitungen, Illustrierten und Landkarten. Unter dem linken Fenster standen zwei Paar Sportschuhe, die neu aussahen, und über der Lehne des Stuhls neben dem Nachtkästchen hing ein Mantel.

»Ich hab gesagt, sie sollen alles so lassen.« Martin deutete auf den Schrank, dessen Tür halb geöffnet war, Hemden hingen darin, und auf einem Regalbrett stapelten sich Shorts und Sweatshirts. »Und jetzt mach den Gitarrenkoffer auf!«

Ich tat es. Der Koffer war leer.

Ich lachte höchstens zehn Sekunden, weil ich Martin nicht beleidigen wollte.

Er zündete sich eine Salem-ohne an und winkte ab.

»Das ist ein Nichtraucherzimmer«, sagte ich.

»Jetzt nicht mehr«, sagte er.

Seiner Rolle als Luftgitarrist entsprechend, reiste Edward Loos mit einem leeren Gitarrenkoffer. Eigentlich logisch. Und trotzdem lächerlich. Das dachte ausgerechnet einer, der auf der Vermisstenstelle der Kripo arbeitete und dessen eigener Vater verschwunden war, ohne dass es ihm gelang, ihn zu finden.

»Ich hab die Reisetasche durchsucht«, sagte Martin. »Socken, Unterhosen, Blocks, fünftausend Euro. Wenn er überstürzt abgereist wäre, hätt er zumindest die Tasche mitgenommen.«

Ich zog die Gardine beiseite und öffnete das Fenster. Das Zimmer ging auf die Türkenstraße hinaus, und ohne die Schallisolierung wäre es hier drin so laut wie in unseren Büros an der viel befahrenen Bayerstraße gewesen. Lieferwagen parkten in zweiter Reihe, alle zehn Meter hupten Taxifahrer, weil sie nicht vorankamen oder weil andere Taxifahrer ihnen den Weg versperrten, und die Reifen der Autos schleuderten schmutzigen Schnee auf die Bürgersteige, wo die Fußgänger ein Fluchkonzert veranstalteten. Besonders sinnvoll klangen das ununterbrochene Klingeln und Wutgeschrei der Radfahrer, die sich in beiden Richtungen der Einbahnstraße in der irren Annahme durch den Matsch kämpften, man müsse Rücksicht auf sie nehmen. Der Winter wurde mit großem Getöse verabschiedet. Ich schloss die Augen und atmete die kühle Luft ein und dachte an Sonja und die nächste Nacht, in der ich wie in den Nächten davor meinem Verlies entkommen würde.

Laute Rockmusik schreckte mich auf. Martin hatte einen Ghettoblaster, der neben dem Bett stand und mir bisher nicht aufgefallen war, eingeschaltet. Den Song hatte ich vor vier Tagen schon einmal gehört, zu Beginn des Wettbewerbs im »Substanz«. Edward Loos war dazu über die Bühne gesprungen und hatte mit seiner Darbietung locker die zweite Runde erreicht.

»Spiel!«, sagte Martin. »Zeig, ob du es auch kannst.«

Augenblicklich traute ich mich nicht. Wie ein Junge, der oben am Skihang steht und allmählich vor Furcht vereist. Durch das offene Fenster hörte ich das Hupen und das scharrende Geräusch durchdrehender Räder und aufheulende Motoren, während der Sänger kreischte und die elektrischen Gitarren dröhnten.
Regungslos stand ich am Fenster, drei Meter von Martin entfernt, der die Arme angewinkelt hochhielt, die Hände zu Fäusten geballt, eine Geste, mit der er jeden seiner Auftritte im »Substanz« eröffnet hatte.
»Furchtbarer Song«, sagte ich.
»Du lügst«, sagte er.
Er hatte Recht. Wahrscheinlich war der Song furchtbar, aber er hatte mir sofort gefallen, als The Vagabond damit loslegte.
»Genierst du dich?«, fragte Martin.
Ich schwieg.
Eine Minute lang hörten wir Tommy Lee zu. Dann riss sich Martin seine Bomberjacke vom Leib, warf sie aufs Bett, hob seine Luftgitarre vom Boden auf und fing an zu spielen. Seine Finger sausten über das Griffbrett, die rechte Hand schlug den Rhythmus, hart und gleichbleibend, er drehte sich im Kreis, stieß mit den Beinen in meine Richtung, warf den Kopf nach hinten, fletschte die Zähne, bewegte ebenso schnell wie seine Finger die Saiten wechselten den Oberkörper vor und zurück, zuckte mit der Schulter, ließ sich gegen die geschlossene Tür fallen, glitt zu Boden, spielte in der Hocke weiter, stapfte mit den Schuhen dazu, sprang hoch, spielte mit wahn-

witziger Technik ein Solo, bei dem seine Finger sich gegenseitig zu überholen schienen, ließ den Arm für Sekunden sinken, während die rechte Hand wie unter Stromstößen weiterzuckte, strich dann mit gestrecktem Zeigefinger über den gesamten Gitarrenhals, stöhnte vor Erschöpfung, presste einen rhythmischen Donner aus sich heraus, der ihm alle Kraft abverlangte, knickte die Finger der linken Hand, als schärfe er Krallen an Holz, starrte noch einmal in die Ferne, wie aus blankem Entsetzen über die ins Nichts galoppierenden Klänge seines geschundenen Instruments, verharrte in dieser Stellung, und durch den dünnen abgetragenen Rollkragenpullover sah ich sein Herz schlagen, als trommele eine Faust verzweifelt von innen her, und nach dem letzten Riff, der seine Hände explodieren ließ, schleuderte er mit weit ausholender Gebärde die Gitarre an die Wand. Anschließend drückte er mit dem Schuh den Aus-Knopf am Recorder, der umkippte. Und eine Lawine aus Stille begrub Martin unter sich. Er rang nach Luft und bückte sich, und es sah aus, als müsse er sich übergeben. Mit weit geöffnetem Mund, unendlich mühsam, richtete er sich auf, betrachtete das Zimmer wie eine fremde Umgebung und hielt sich für einige Momente die Ohren zu.
Er kam auf mich zu, sah mich, das Gesicht von Schweiß verklebt, aus müden verirrten Augen an, stieß mich beiseite, ging zum Fenster und steuerte zum Straßengetöse ein grässliches Husten bei.
Während der halbstündigen Fahrt in den Stadtteil Neuhausen sprachen wir kein Wort. Ich saß auf der Rück-

bank, mit verschränkten Armen, und sah mich einen Hang hinuntersteigen, fröstelnd, mit Skiern auf der Schulter.

»Sie!«, sagte sie und betrachtete mich vom Kopf bis zu den Stiefeln. »So wie Sie aussehen!« Wieder zeigte sie mit der Hand auf meine Haare, die mir seit einiger Zeit fast bis auf die Schulter fielen, auf mein weißes Leinenhemd und die schwarze, an den Seiten geschnürte Lederhose. »Sie wären eine Idealbesetzung, vom Optischen her auf jeden Fall. Auch das Gewicht stimmt.« Bei meiner Größe von einem Meter achtundsiebzig gab es niemanden, mich eingeschlossen, der das Gewicht von knapp neunzig Kilo stimmig fand.

»Danke«, sagte ich.

»Die Inszenierung ist sehr gut, Sie sollten mal reingehen.« Sie zeigte auf den freien Stuhl am Tisch, auf dem anderen saß bereits Martin Heuer.

Ich sagte: »Ich stehe lieber.«

Mildred Loos war achtundfünfzig Jahre alt, sehr schlank, zumindest verglichen mit mir, ihre Haare, die sie kurz und im Nacken stoppelartig geschnitten trug, waren vollständig ergraut, was sie aber, auch wegen ihres schmalen Gesichts mit den hohen Wangenknochen, nicht alt, eher interessant, auch ein wenig stolz wirken ließ. In einem schwarzen Hosenanzug, dabei barfuß, eilte sie von der Küche ins Wohnzimmer und wieder zurück, stellte eine Vase weißer Tulpen, die sie vom Einkauf mitgebracht hatte, auf ihren Schreibtisch, nachdem sie die Vase mit zum Teil verwelkten roten Rosen weggenommen und drei davon in einem Glas in der Küche gelassen hatte. Daraufhin musste sie dringend drei E-Mails beantworten, bevor ihr einfiel, dass sie vergessen hatte, einen Artikel aus der Zeitung auszuschneiden, die bereits im Weidenkorb beim Altpapier lag. Wenn man sie beobachtete, hätte man annehmen können, dass Stillsitzen für sie eine Art Strafe oder eine elementare Sinnlosigkeit darstellte oder dass sie unter Schüben von Hypernervosität litt, was wahrscheinlich nicht zutraf, schon deshalb nicht, so vermutete ich, weil sie hauptberuflich als Souffleuse arbeitete, und zwar seit zwanzig Jahren.

Als wir in der Wilderich-Lang-Straße parkten, wo sie wohnte, kam sie gerade mit zwei vollbepackten Einkaufstüten vor dem Haus an, und wir nahmen sie ihr ab. Sie rannte geradezu in den vierten Stock hinauf, wir schleppten uns aufrecht hinterher.

»Entschuldigung«, sagte sie zum wiederholten Mal. »Ich hab morgen und übermorgen Kurs und dauernd verleg ich meine Notizen.« Sie verschwand im Badezimmer und kehrte mit zwei großen Blocks und einem dicken Buch zurück, legte die Sachen zu einem Stapel auf der gemusterten Couch, die mich an jene in der Pension »Stefanie« erinnerte, setzte sich und sah Martin und mich abwechselnd an. Martin hatte ebenfalls einen DIN-A4-Block vor sich liegen und klopfte seit einigen Minuten ungeduldig mit dem Kugelschreiber darauf.

Dann bemerkte ich, wie sich Mildred Loos mit ihren Blicken wieder über meine Figur hermachte.

»Sie sind dem Schwarzen Roland wie aus dem Gesicht geschnitten«, sagte sie.

»Wer ist das?«, sagte ich.

»Das ist die Hauptfigur in dem Stück ›Das Geständnis‹, mit dem wir gestern Premiere hatten, es wurde Ende des neunzehnten Jahrhunderts geschrieben, aber es ist immer noch modern. Es geht um einen Einsiedler, der beschuldigt wird, ein Mädchen vergewaltigt zu haben.«

»Hat er es getan?«, sagte ich.

»Am Ende legt er ein Geständnis ab.«

»Ja«, sagte ich, »aber hat er es getan?«

»Ich war auf Ihre Reaktion gespannt, ich dachte mir, ein Thema wie Geständnis müsste Sie herausfordern.«

»Was meinen Sie mit ›herausfordern‹?«

»Nur ein Spiel«, sagte sie und stand auf. Eigentlich sprang sie auf. »Möchten Sie einen Kaffee? Ich mach mir einen löslichen Cappuccino, trinken Sie so was?«

»Unbedingt«, sagte ich.

»Sie auch?«

»Jetzt nicht«, sagte Martin.

»Verraten Sie uns das Ende des Theaterstücks?«, sagte ich.

»Im Laufe der Verhöre hat er das Schicksal des Mädchens kennen gelernt, er begreift die Lage, die Verzweiflung, in der sie sich befindet, und er will sie erlösen, er nimmt die Tat auf sich. Er gesteht die Vergewaltigung, die er nicht begangen hat, und wird gehängt. Aber das Mädchen ist nicht erlöst, es stürzt sich in eine Schlucht. Eine fürchterliche Art, sich umzubringen, so ähnlich wie sich vor die U-Bahn zu werfen, Sie verunstalten Ihren Körper mit dem Tod, Sie wollen ihn in Stücke reißen. Auf jeden Fall: Viel Text. Und ich darf Ihnen verraten, unser Hauptdarsteller hatte gestern einige Hänger, er ist neu im Ensemble, zu Beginn der Probenzeit war er krank, die Rolle hat ihn arg mitgenommen, ich fand es aufschlussreich, diesen Prozess mitzuerleben. Wollen Sie jetzt einen Cappuccino?«

»Ja«, sagte ich.

Nachdem sie in der Küche Wasser aufgesetzt und Kaffeepulver in den Tassen verteilt hatte, kam Mildred Loos zu uns zurück. Während sie draußen gewesen war, hatten Martin und ich kein Wort gewechselt, zwischen uns lag eine Irritation, von der wir beide überfordert waren, die wir, mitten in einer Vernehmung, nicht zulassen durften und die uns deshalb umso mehr umtrieb. Es war, als hätten wir in dem Pensionszimmer mit dem leeren Gitarrenkoffer eine Wirklichkeit von uns preisgegeben, die der andere zwar kannte und herzensnah akzeptierte, doch ausschließlich und unausgesprochen in der Schönheit des Abstands. Bisher hatten wir unsere Wirklichkeiten nie verwechselt oder den anderen damit herausgefordert. Unsere Freundschaft, die bestand, seit wir laufen konnten, war ein Einklang von Unterschieden, wir bewohnten zwei Zimmer im selben Haus, die nichts gemeinsam hatten außer der Anzahl der Wände und der Finsternis an den Tagen absoluter Einsamkeit. Martin führte ein Leben unter den Schwingen des Alkohols und ich im Schutz arktischer Erinnerungen, und manchmal, nicht einmal so selten, gaben wir uns einer Außenwelt hin, die uns wie ein Trost empfing, und aus lauter Übermut verwandelten wir uns in zeitlose Geschöpfe. In dem Pensionszimmer wollte Martin nicht Luftgitarre spielen, er tat es, weil er auf die irrige Idee verfallen war, er könnte mich an seiner Überlebensphantasie teilhaben lassen und ich bräuchte ihn bloß nachzuahmen und schon würde ich wie er für die Dauer eines Songs einen Zustand von Erlösung erreichen. Und da ich mich weigerte, gab er mir aus Wut über seine Aufforderung, die ihm unbegreiflich sein musste, an einem grundverkehrten Ort eine Vorstellung und verausgabte sich mehr als auf der Bühne im »Substanz«. Als hätte ich von ihm verlangt, eine Nacht mit Sonja zu verbringen, damit er nachvollziehen könne, warum ich ihre Nähe als Obdach empfand.

»Was ist denn jetzt mit meinem Sohn?«, sagte Mildred Loos.

»Das hab ich Ihnen am Telefon erklärt«, sagte Martin schnell.

»Edward ist nicht in die Pension zurückgekommen, das hab ich verstanden.«

»Er ist überhaupt nicht mehr zurückgekommen«, sagte Martin.

»Ich hab ihn nur ein einziges Mal gesehen, das war am Mittwoch, wie gesagt.«

»Es ist möglich, dass er seinen Bruder getroffen hat«, sagte ich.

»Aladin? Warum denn?«

Ich sagte: »Sie sind Brüder.«

»Halbbrüder«, sagte Mildred Loos. »Sie haben verschiedene Väter, sehr verschiedene Väter, und ich hab keinen Kontakt zu denen.«
»Und zu Ihren Söhnen?«, fragte Martin.
»Aladin hab ich seit ungefähr zwei Jahren nicht mehr gesehen und mit Edward telefoniere ich gelegentlich. Ich war überrascht, als er mich anrief und sagte, er wolle mich besuchen.«
»Gab es einen Grund für den Besuch?«, sagte Martin.
»Ja«, sagte Mildred Loos. »Er wollte wissen, ob Aladin eine neue Adresse hat, und mich nach ihm ausfragen.«
»Was macht Ihr Sohn Aladin?«, fragte Martin.
»Nichts mehr«, sagte sie.
Die Tasse war so heiß, dass ich sie auf den Tisch stellen musste. Martin machte sich Notizen und sah nicht von seinem Block auf.
»Bevor wir über Ihren zweiten Sohn sprechen«, sagte ich, »möchten wir wissen, welchen Eindruck Edward auf Sie gemacht hat. Können Sie sich an eine Bemerkung erinnern, die vielleicht mit seinem Verschwinden zu tun haben könnte?«
Mildred Loos drehte die Tasse in den Händen, trank einen Schluck, was mich wunderte, denn ich hatte mir fast die Zunge verbrannt, und stellte die Tasse auf dem Bücherstapel neben sich ab. »Er hat sich hauptsächlich nach Aladin erkundigt, das fand ich allerdings ungewöhnlich.«
»Warum?«, fragte ich.
»Weil er das sonst nie getan hat. Nur wenn ich ihm am Telefon von mir aus etwas erzählt hab, sonst hat er nie

nach ihm gefragt. Ich weiß nicht, warum jetzt. Er mache sich Sorgen, sagte er, und er war richtig verärgert darüber, dass ich keinen Kontakt zu Aladin habe. Das war ein eher verwirrender Abend für mich. Was macht er hier in der Stadt? Luftgitarre spielen? Was ist das?«

»Er tut so als ob«, sagte ich.

»Wie Kinder?«

»Es gibt sogar Weltmeisterschaften«, sagte ich.

»Edward ist siebenunddreißig.«

»Er ist auch der Zweitälteste im Wettbewerb«, sagte Martin.

»Geht mich nichts an«, sagte Mildred Loos. »Er war zwei Stunden hier, wir haben gegessen, ich hab ein Steak mit Kartoffeln gemacht, dann ist er wieder weg.«

»Mit der Adresse seines Halbbruders«, sagte ich.

»Genau.«

»Er wollte ihn also besuchen.«

Sie überlegte eine Weile. »Gesagt hat er das nicht. Merkwürdig. Ich hab ihn gefragt, und er hat nur gesagt, wenn er schon in der Stadt sei, wäre das doch eine gute Gelegenheit.«

»Sie wissen nicht sicher, ob er nach dem Besuch bei Ihnen zu Aladin gefahren ist«, sagte ich.

»Nein.«

»Aladin heißt auch Loos mit Nachnamen?«, sagte Martin.

»Toulouse«, sagte Mildred Loos. »Klingt ähnlich, ist aber ganz anders.«

»Wie meinen Sie das?«, sagte ich.

»Bitte?«

Ich schwieg.
»Trinken Sie Ihren Kaffee nicht?«, sagte sie.
Den Cappuccino hatte ich vergessen. Ich hielt die Tasse an die Lippen, sie war so heiß wie vorher. Mildred Loos hatte ihren Kaffee schon zur Hälfte ausgetrunken.
»Aladins Vater ist Franzose«, sagte sie zögernd. »Er lebt heute auf der Belle Ile, das ist eine Insel vor der Bretagne, betreibt da eine Schreinerei. Ich war nie dort.«
»Und Edwards Vater?«, sagte ich und stellte die Tasse auf den Tisch zurück. Martin lächelte, ohne aufzublicken.
»Amerikaner«, sagte Mildred Loos. »Marvin hieß er, ich war einundzwanzig. Er ist zurück in sein geliebtes Rochester, das im Bundesstaat New York, er sagte damals, er braucht seinen Ontariosee, ohne den könne er nicht existieren. Was wollen Sie da sagen? Er liebte seinen See aus der Kindheit mehr als mich und seinen Sohn.«
»Sie waren nicht verheiratet«, sagte ich.
»Doch, ich war zweimal verheiratet, zuerst mit Marvin Groome, später mit Victor Toulouse. Und ich wurde zweimal geschieden. Jedes Mal habe ich meinen Namen behalten und meinen Mann verloren.«
Sie trank die Tasse aus, stellte sie auf den Bücherstapel, stand auf und ging mit schnellen Schritten zum Schreibtisch, wühlte in Zetteln und zog ein Foto aus dem Wust.
»Entschuldigung«, sagte sie und ging hinaus in den Flur.
»Das Bild habe ich einer Schauspielerin bei uns versprochen«, erklärte sie, als sie zurückkam. »Wenn ich mir so was nicht vor die Wohnungstür lege, vergess ich es hundertprozentig.«

»Sie arbeiten am Volkstheater«, sagte ich.
»Seit sechzehn Jahren.«
»Immer als Souffleuse.«
»Anfangs habe ich auch kleinere Rollen gespielt, je nach Intendanz.« Sie setzte sich, schlug die Beine übereinander und sah Martin und mich einen nach dem anderen an, als wäge sie unsere Ziele ab.
»Sie waren früher Schauspielerin«, sagte ich.
Es waren nur Sekunden, in denen die Vergangenheit sie heimsuchte. »Ganz früher«, sagte sie. »Heute gebe ich manchmal Unterricht, an der Volkshochschule, auch privat, wenn es sich ergibt. Außerdem arbeite ich sporadisch als Dramaturgin. Das Theater ist meine Lieblingswelt.« Ihr Mund formte ein hastiges Lächeln.
»Frau Loos«, sagte ich. »Erzählen Sie uns etwas über Ihre beiden Söhne, über Ihr Verhältnis zu ihnen und vor allem über Edward, um dessen Verschwinden wir uns sorgen.«
»Erst die Väter«, sagte sie, »dann fangen auch die Söhne an zu verschwinden. Bisher dachte ich, dass sich immerhin Edward eine solide Existenz aufgebaut hat, und jetzt sagen Sie, er kommt extra nach München, um Luftgitarre zu spielen. Als Kind war er jedenfalls so unmusikalisch, dass er nicht mal Blockflöte gelernt hat, so was hatte die Lehrerin noch nicht erlebt.«
Sie sah uns an, schlug die Hände vors Gesicht und nahm sie wieder herunter. »Wenn ich meine Familie so anschaue, frage ich mich, ob Loos von Loser kommt, was meinen Sie?«

4

Hätte man nicht gehört, was sie sagte, wie in einem Film, dessen Ton abgeschaltet ist, und sie nur betrachtet, zurückgelehnt auf der Couch, das eine Bein aufgestützt, man hätte meinen können, sie plaudere bloß. Hin und wieder fuhr sie sich mit Daumen und Zeigefinger über die Mundwinkel, sah Martin und mich abwechselnd an, und wenn sie kurz lächelte, wandte sie den Blick schnell von uns ab. Es kam mir dann vor, als lächele sie nur für sich allein. Ich hörte ihr vom Fenster aus zu, vor dem ich regungslos stand, die Hände auf dem Rücken, und zügelte meine Gedanken an ein anderes Zimmer, an eine andere Frau.

»Aber es stellte sich heraus, dass Edward ein überdurchschnittlich stilles Kind war«, sagte Mildred Loos. »Mein Mann gab sich wirklich Mühe und er war auch nicht gerade ein Quassler. Wenn er was zu unserem Jungen sagte, dann nur auf Englisch. Das war auch für mich gut, ich lernte am meisten in dieser Zeit. Jedenfalls mehr als mein Mann Deutsch lernte.«

»Hatten Sie vor, mit ihm nach Amerika zu gehen?«, fragte Martin.

Sie fuhr sich mit den Fingern über den Mund und drehte den Kopf zu mir, als erwarte sie die Antwort von mir. »Das weiß ich nicht mehr. Mein Mann war Musiker, er spielte Trompete und Klarinette auch, er war mit Anfang zwanzig schon Mitglied in einer Big Band, *The Syracuse Jazzband*. Aber sie spielten nicht nur Jazz, sie hatten auch die neuen Sachen im Repertoire, Beatles, Bee Gees, Popmusik, ich glaube, sie waren noch auf der Suche, elf hochtalentierte Musiker, einer von ihnen war Marvin. Er blieb dann da, for experiences, wie er sagte, er trat in Berlin, in Hamburg auf der Reeperbahn auf, er spielte im Schwabinger ›Domizil‹, mit berühmten Leuten aus den USA, die hier gastierten. Und ich war schwanger.«

»Und Sie waren Schauspielerin«, sagte ich.

»Ich habe damals schon viel synchronisiert«, sagte Mildred Loos. »Das machte sonst keiner aus dem Kollegenkreis, damit verdiente ich mein Geld. Ich spielte auf den kleinen Bühnen, die es so gab, und versuchte, ans Staatstheater zu kommen oder an die Kammerspiele. Ich war einundzwanzig, als Edward auf die Welt kam. Marvin hat für ihn einen Song komponiert, ›Every day a sunrise‹ hieß er, Marvin hat ihn öfter gespielt, und es gibt eine Aufnahme davon. Leider zeigte Edward so gar kein Interesse an musikalischen Dingen. Musik hat ihn eher gelangweilt. Wenn Marvin ihm etwas auf der Trompete vorspielte, schlief er ein. Einerseits war das nicht unpraktisch, andererseits natürlich enttäuschend. Nein. Es war alles in Ordnung, ich kümmerte mich um das Kind, Marvin machte Musik und brachte Geld nach Hause. Wir wohnten nicht weit von hier, in der Gudrunstraße, da ist auch das Rotkreuzkrankenhaus in der Nähe, in dem meine beiden Söhne geboren wurden. Eigentlich wollte ich immer in Schwabing wohnen, aber es klappte nicht, es ist mir nicht gelungen.«

»Warum nicht?«, fragte ich. Meine Neugier auf Antworten, die scheinbar nichts mit der Klärung eines Falles zu tun hatten, brachte manche meiner Kollegen aus der Fassung, nicht jedoch Martin, der sich die Aussagen sogar notierte. Jetzt sah er zu mir her und nickte.

»Die wollten mich nicht«, sagte Mildred Loos.

»Wer?«, sagte Martin.

»Die Schwabinger. Die wollten mich nicht. Heute will ich nicht mehr. Neuhausen ist auch eine gute Gegend.« Sie streckte das Bein, das sie aufgestützt hatte, setzte sich gerade hin, schaute mit zerfurchter Stirn zur Tür und kratzte sich mit einer nervösen Bewegung an der Hand. »Was soll ich Ihnen von Edward erzählen? Außer dass er spät zu sprechen anfing, war er ein normales Kind. Schlief viel, weinte wenig, was wollen Sie als junge Mutter mehr, wenn Sie jeden Tag an den nächsten Ersten denken müssen, weil Sie kein Geld haben und eine unsichere Arbeit? Nach drei Jahren wollte Marvin plötzlich nach Hause zurück. Nach Hause. Nicht dass ich wirklich überrascht gewesen wäre, so naiv war ich nicht. Nein, weil Sie mich vorhin gefragt haben ...« Sie lehnte sich zurück und wirkte eigenartig entspannt, distanziert zu dem, was sie uns erklärte. »Nein, ich dachte nie ernsthaft daran, nach Amerika zu gehen. Ich wollte als Schauspielerin arbeiten, jedenfalls in diesem Umfeld, was hätte ich da drüben für Chancen gehabt? Ich beherrschte nicht einmal die Sprache. Wir brachten die Sache hinter uns, mein Mann und ich. Er sagte, Edward könne bei mir bleiben, dürfte ihn aber immer besuchen und auch bei ihm leben, falls er das später wünschen sollte. Er jedenfalls müsse zurück zu seinem See ... Drei Jahre. Ich bemühte mich noch intensiver, für Edward da zu sein, er ging in den Kindergarten, und er war beliebt bei den Kindern, an manchen Tagen brachte ich ihn bei anderen Eltern unter, mit denen ich mich angefreundet hatte. Und ich machte immer noch synchron, meine Qualitäten hatten sich herumgesprochen. Viele Kollegen verdienten inzwischen auf diese Weise ihr Geld, aber sie hatten eben noch andere Verpflichtungen und Engagements.«

»Sie nicht?«, sagte ich.

»Die Zeit lief mir davon«, sagte sie, an mich gewandt, bevor sie nachdenklich zum Schreibtisch blickte. Dann stand sie auf, blieb einen Moment stehen und strich sich wieder mit den Fingern über die Mundwinkel. »Ich sitze jeden Abend, stört es Sie, wenn ich mich etwas bewege?«

»Natürlich nicht«, sagte ich.

»Könnt ich ein Glas Wasser bekommen?«, fragte Martin.

»Entschuldigen Sie«, sagte sie und machte sich mit schnellen Schritten auf den Weg. Kurz vor der Tür blieb sie ruckartig stehen und drehte sich um. »Möchten Sie noch einen Kaffee?«, fragte sie mich.

»Nein«, sagte ich.

Als sie draußen war, sagte Martin: »Er hat mit keinem Wort seinen Bruder erwähnt, die ganze Woche nicht, ich bin mir ganz sicher.«

Ich sagte: »Trotzdem hat er sich mit ihm getroffen.«

»Aber warum ist er verschwunden?«

»Wir müssen sichergehen, dass er sich tatsächlich mit seinem Bruder getroffen hat«, sagte ich.

Mildred Loos brachte eine Flasche Mineralwasser und ein Glas, das sie bereits gefüllt hatte.
»Danke«, sagte Martin.
»Darf ich mal telefonieren, Frau Loos?«, sagte ich.
»Sicher.« Sie deutete auf den Schreibtisch. Ihre Verwunderung war nicht zu übersehen.
»Wir haben beide kein Handy«, sagte ich.
»Das ist bestimmt ungewöhnlich in Ihrem Beruf«, sagte sie.
»Ja«, sagte ich. »Aber das sind wir sowieso.«
Etwas ratlos ging sie zur Couch, ohne sich hinzusetzen.
»Sagen Sie mir bitte die Nummer von Ihrem Sohn Aladin, ich muss wissen, ob er zu Hause ist.«
»Die weiß ich nicht auswendig«, sagte sie.
In ihrer eigentümlichen Hastigkeit schob sie auf dem Schreibtisch Blätter und Mappen hin und her, zog eine Schublade auf, tastete darin herum. »Wo ist mein Telefonbuch? Ich habe es heut schon gebraucht. Ach!« Mit einer abrupten Drehung verschwand sie aus dem Zimmer.
»Ich habe Hunger«, sagte ich.
Martin erwiderte nichts. Mir schien, er hätte gern ein Bier getrunken, er hatte Schweißtropfen auf der Stirn und zog die Schultern hoch wie jemand, der unter starker Anspannung leidet. Sogar auf die Entfernung konnte ich die hervorquellenden Adern auf seiner rissigen, dunkelrot gefärbten Nase erkennen.
»In der Manteltasche!« Mildred Loos hielt ein in rotes Leder gebundenes Adressbuch hoch. Sie nannte mir die Nummer.

»Mein Name ist Tabor Süden«, sagte ich ins Telefon. »Ich bin von der Kriminalpolizei, ich möchte mit Aladin Toulouse sprechen.«
Die Stimme am anderen Ende klang heiser, es war schwer zu schätzen, wie alt der Mann sein mochte. »Was ist passiert?«
Ich sagte: »Mit wem spreche ich?«
»Der Aladin ist nicht da.«
»Wo ist er?«
»Weg.«
»Und was machen Sie in seiner Wohnung?«
»Ich?«, sagte der Mann.
»Sagen Sie mir bitte Ihren Namen.«
»Wieso? Distel. Was ist los? Hat er was angestellt?«
Jetzt hörte ich die Stimme einer Frau im Hintergrund.
»Sei still!«, rief Distel ihr zu. »Und Sie?«, sagte er zu mir.
»Wer sind Sie? Kripo?«
»Tabor Süden, Vermisstenstelle.«
»Ist er vermisst, der Aladin?«
»Was wollen die Bullen von dir?«, hörte ich die Frau sagen.
»Was machen Sie in seiner Wohnung?«, wiederholte ich.
»Ich wohn hier. Mit meiner Freundin.«
»Sie wohnen mit Aladin zusammen«, sagte ich.
»Der ist schon lang nicht mehr aufgetaucht«, sagte Distel. »Schon ein Jahr nicht mehr. Stimmt doch, Bille, oder? Ein Jahr haben wir den nicht mehr gesehen.«
»Wo ist er denn?«, sagte ich.

»Weg. Er hat nichts gesagt. Das ist sein Haus, er kann damit machen, was er will, wir wohnen da, wir sind reguläre Mieter.«

»Stimmt«, sagte die Frau im Hintergrund.

»Sie haben ein Jahr lang nichts von Aladin gehört?«, sagte ich.

»Sag ich doch.«

»Und das hat Sie nicht gewundert?«

»Doch«, sagte Distel. »Doch. Doch.«

Ich kürzte sein langwieriges Grübeln ab. »Bleiben Sie bitte zu Hause, wir kommen in zwei Stunden bei Ihnen vorbei.«

»Wieso vorbei?«, sagte er. »Ich hab keine Zeit, ich muss weg, ich hab eine Verabredung.«

»Verschieben Sie sie bitte«, sagte ich.

»Das geht nicht. Da gehts um einen Job, ich muss mich vorstellen, ich muss da hin.«

»Dann sagen Sie, Sie müssen eine Aussage bei der Polizei machen.«

»Tolle Idee«, sagte er laut. Gleichzeitig sagte seine Freundin etwas, das ich nicht verstand. »Das kommt gut an, Aussage bei der Polizei. Danke für den Vorschlag, ganz toll.«

»Wir müssen mit Ihnen sprechen, und zwar in Ihrer Wohnung«, sagte ich.

»Wir können jetzt am Telefon reden«, sagte er.

»Nein«, sagte ich. »Bleiben Sie, wo Sie sind, sonst schicke ich Ihnen eine Streife vorbei, und die Kollegen passen auf Sie auf.«

»Sind Sie arbeitslos oder ich?«
Nachdem ich mich von ihm verabschiedet hatte, rief ich in der Zentrale an und bestellte einen Streifenwagen zur Adresse von Aladin Toulouse, die Kollegen sollten nichts weiter tun als warten und Distel und seine Freundin zurück ins Haus begleiten, falls die beiden die Absicht hätten wegzufahren.
»Kennen Sie diese Mieter?«, fragte ich.
»Nein«, sagte Mildred Loos. Sie drehte uns den Rücken zu und schlug zum zweiten Mal die Hände vors Gesicht.

Mit neunzehn Jahren spielte Aladin Toulouse zum ersten Mal in der Bundesliga, mit einundzwanzig wechselte ihn der Bundestrainer in der zweiten Halbzeit eines Länderspiels gegen England ein, mit zweiundzwanzig unterschrieb er einen Dreijahresvertrag beim FC Bayern München, in dessen F-Jugend-Mannschaft er begonnen hatte, mit vierundzwanzig stand er zum letzten Mal auf dem Rasen eines Stadions.
»In den vier Jahren danach«, sagte Mildred Loos, »wurde er, wenn ich mich nicht täusche, siebzehnmal operiert, an den Bändern, am Meniskus, an der Schulter, an den Zehen, an der Wade, jedes Mal, wenn er wieder einigermaßen laufen konnte und vorsichtig mit dem Training anfing, passierte wieder etwas. Außerdem hatte er ständig Probleme mit den Zähnen, Parodontose, vereiterte Wurzeln, er musste Antibiotika nehmen, was ihn zusätzlich schwächte, es war eine Niederlage nach der anderen. Jahrelang.«

»In dieser Zeit hatten Sie engen Kontakt zu ihm«, sagte ich.
»Nein«, sagte sie. »Ich hatte keinen engen Kontakt.« Sie leckte sich die Lippen, kontrollierte mit einem hastigen Blick die Mineralwasserflasche, die vor Martin auf dem Tisch stand, sah mich an und setzte sich auf die Couch, ganz vorn auf die Kante. »Er wollte mich nicht sehen, er genierte sich. Anfangs hatte er oft Besuch von Presseleuten, er war so was wie ein Star. Nein, er war ein Star, ein großes Talent, eine Weile habe ich die Artikel ausgeschnitten, ich war schon stolz. Ich war auch besorgt, aber vor allem war ich stolz.«
»Wo war Edward zu der Zeit?«, fragte Martin.
»Schon in Frankfurt. Studierte Architektur, er war fast fertig, er redete nicht viel über seinen Beruf, seine Ziele. Er redete so wenig wie als Kind. Ab und zu rief er an, zum Geburtstag, Weihnachten.« Sie verstummte.
»Haben Sie ihn vermisst?«, fragte Martin.
Sie brauchte einige Zeit für die Antwort. »Ich hätte ihn gern öfter gesehen, mit ihm geredet, nur so, ich war nie eine klammernde Mutter. Dazu hatte ich auch gar keine Zeit. Ich hab mich gefreut, wenn er anrief, ich erinnere mich, wir haben schon mal eine Stunde telefoniert oder länger. Wir waren in Kontakt. Auf die Entfernung.«
»Worüber haben Sie in der Stunde gesprochen?«, fragte ich.
»Über mich.« Es sah aus, als würde ihr Lächeln an den Wangenknochen abprallen. »Fast nur über mich, ich erzählte ihm von meiner Arbeit, von den Stücken, den Re-

gisseuren, meinem Alltag, den Synchronsachen, die ich heut noch mache. Davon komm ich nicht los, es ist im Grunde Unsinn, ich hab eigentlich keine Zeit dafür. Die Gewohnheit. Macht auch Spaß. Ist ja auch ein wenig Spielen. Sieht halt niemand. Sie stehen in einem Studio, leihen einem anderen Schauspieler Ihre Stimme und spielen gleichzeitig seine Rolle mit. Interessiert niemanden, niemand sieht, was Sie spielen, und wenn Sie sich noch so verausgaben. Nach all den Jahren bin ich da noch immer gern, im Halbdunkel, vor der Leinwand, die Mikrofone um mich herum.« Sie hob den Kopf. »Was war Ihre Frage?«

»Sie haben mit Edward hauptsächlich über sich gesprochen«, sagte ich.

»Hauptsächlich. Von ihm erfuhr ich kaum etwas. Nur, dass er vorankommt, dass was weitergeht, wie er immer sagte. Es geht was weiter, sagte er. Es geht was weiter. Was wollen Sie darauf antworten? Ich war froh, dass in seinem Leben was weiterging, ich war mir nämlich nicht sicher, was aus ihm werden sollte. Er war nicht schlecht in der Schule, mittelmäßig, sehr gut in Physik und Mathematik, unterirdisch schlecht in Musik und Deutsch. Sport hat ihn auch nicht interessiert. Als er Abitur machte, spielte Aladin schon bei den FC-Bayern-Schülern. Aladin hatte sich angemeldet, ohne mir vorher Bescheid zu sagen. Das war sein großer Traum: Mittelfeldspieler beim FC Bayern und in der Nationalmannschaft. Mittelfeldspieler. Nicht Stürmer oder Torwart, Mittelfeldspieler.«

Von draußen drang das Geschrei von Kindern herein, wahrscheinlich tollten sie über den Spielplatz, vor dem unser Auto stand, und bewarfen sich mit nassem Schnee. Mein Magen knurrte, was Mildred Loos nicht entging.

»Soll ich Ihnen Gemüsesuppe heiß machen?«, sagte sie.

»Nein«, sagte ich. »Aladin beendete dann seine Karriere.«

Sie hielt sich die Hand vor den Mund und nahm sie erst nach ein paar Worten weg. »Er hatte gerade das Haus gekauft, ein Freund von ihm hatte es vermittelt, in der Lerchenau, Sie werden es ja sehen, ein bescheidenes Einfamilienhaus. Er wollte es vermieten, was sonst. Es sollte nur ein Anfang sein. Welcher Spitzenfußballer, der beim FC Bayern spielt, kauft sich ein Haus in der Lerchenau? Er hatte das Angebot bekommen und es gefiel ihm, dass er sich ein Haus leisten konnte. Dann begannen seine Unfälle, die Operationen, also zog er selber ein. Der Verein bezahlte ihn weiter. Nicht endlos. Jedenfalls lange genug, damit er die Hoffnung nicht aufgab. Der Manager kümmerte sich um ihn, das hat mich überrascht, nach außen wirkte er in meinen Augen oft arrogant und kalt, anscheinend war er das nicht. Aladin hielt große Stücke auf ihn. Ich wollte mich auch kümmern. Wollte er nicht. Er hatte eine Freundin, Esther. Sie wohnte mit ihm zusammen. Eine Zeit lang. Bis sie merkte, er wird nichts mehr, aus ihm wird kein Star mehr, da ist sie verschwunden. Ich hab ihn nicht nach ihr gefragt, einmal machte er eine Andeutung, das genügte. Sie gab Interviews in den Zeitungen, sie war an einem neuen Star dran. Heute ist sie mit einem Trainer verlobt, den Namen weiß ich

nicht.« Sie sah erst mich, dann Martin an. »Was bedeutet das, er ist seit einem Jahr nicht nach Hause gekommen? Werden Sie ihn jetzt auch suchen? Wie Edward?«
»Vielleicht«, sagte ich. »Haben Sie ein Foto von ihm?«
Mit einem Griff zog sie ein Bild aus einer Schreibtischschublade.
»Darauf ist er Anfang zwanzig«, sagte sie. »Bevor die Katastrophen anfingen.«
Die Aufnahme war in einem Studio gemacht worden, Aladin hatte halblange schwarze Haare und ein schmales Gesicht, das dem seiner Mutter glich, in seinen dunklen Augen lagen die Ernsthaftigkeit und Entschlossenheit eines jungen Mannes, den die Zukunft nicht einschüchtert, kein Anflug von Lächeln, wie bei seiner Mutter, bestimmt hielten ihn manche seiner Mitspieler für unnahbar und humorlos.
»Haben Sie auch ein Bild von Edward?«, fragte ich, obwohl wir sicher eine aktuelle Aufnahme von einem der Reporter bekommen konnten, die am Eröffnungsabend im »Substanz« fotografiert hatten.
»Keines aus den letzten Jahren«, sagte Mildred Loos. »Das Foto von Aladin hab ich neulich zufällig entdeckt, ich wollte es ins Album kleben, bin aber noch nicht dazu gekommen. Ich hole eines aus dem Album.«
»Möchten Sie, dass wir eine Vermisstenanzeige für Edward und Aladin aufnehmen?«, fragte Martin.
»Ich weiß nicht«, sagte Mildred Loos. Dann ging sie ins Schlafzimmer, wo sie die Fotoalben aufbewahrte.
Es war schwierig, meinen Magen unter Kontrolle zu

halten. Manchmal glaubte ich, er besäße ein spezielles Knurrorgan. Martin hielt mir sein Wasserglas hin, das ich ablehnte. Was uns beide gleichzeitig beschäftigte, ohne dass wir darüber sprechen mussten, und was uns noch mehr beunruhigte als das Verschwinden von Edward Loos waren die Lebensumstände von dessen Halbbruder. Wie es aussah, war Aladin Toulouse ein ganzes Jahr lang von niemandem vermisst worden, nicht einmal von seiner Mutter. Also mussten wir so schnell wie möglich die VERMI/UTOT-Datei des Bundeskriminalamtes überprüfen, um die Beschreibung des ehemaligen Fußballspielers mit der von unbekannten Toten zu vergleichen, eine Maßnahme, die wir bei fast jeder Vermissung ergriffen.

»Hilft Ihnen das?«

Mildred Loos gab mir ein Farbfoto, auf dem ein Mann mit blonden längeren Haaren, hellen Augen und weichen Gesichtszügen zu sehen war, der auf einem Balkon stand und angespannt dreinschaute. »Er hat sich nie gern knipsen lassen, schon als Kind nicht, wie Aladin. Ihre Väter übrigens auch nicht. Ich hatte nie was dagegen, fotografiert zu werden. Das wäre bei meinem Beruf auch merkwürdig.«

»Hatte Edward, als er noch in München lebte, einen Lieblingsplatz?«, fragte Martin. »An der Isar, ein bestimmtes Lokal, einen Park?«

»Hat er außer Ihnen noch jemand anderen in dieser Woche besucht?«, fragte ich.

»Nein«, sagte Mildred Loos. »Er hat mir nichts gesagt. Ja, an der Isar waren wir oft, wer nicht? Das ist lang her.

Edward ist mit Anfang zwanzig nach Frankfurt umgezogen, er wollte woanders hin. Die ganze Stadt war nicht sein Lieblingsplatz. Ich hab plötzlich Angst, um alle beide. Vermisstenanzeige. Sie haben mich gefragt, ob ich Edward vermisst hab. Und Aladin? Ich hab respektiert, dass er für sich sein wollte, dass er sein Leben wieder selbst in den Griff kriegen wollte. Entschuldigen Sie.«

Sie setzte sich auf den hölzernen Drehstuhl am Schreibtisch, und eine tiefe Falte grub sich in ihre Stirn. Dann stutzte sie plötzlich.

»Woher wissen Sie eigentlich, dass Edward verschwunden ist?«, sagte sie. »Hat denn schon jemand eine Vermisstenanzeige gemacht?«

»Nein«, sagte Martin. »Ich weiß es, weil ich mit ihm zusammen an dem Wettbewerb teilnehm. Ich spiel auch Luftgitarre.«

»Sie?« Für einen Moment dachte ich, sie würde lachen. »Sie spielen Luftgitarre?« Sie wandte sich zu mir. »Und Sie? Sie auch?«

»Ich nicht«, sagte ich. »Ich trommele manchmal, auf richtigen Trommeln.«

»Sie machen also richtigen Krach«, sagte sie und drehte sich auf dem Stuhl zum Tisch.

Niemand sagte etwas, eine lange Zeit.

Dann, ohne sich zu bewegen, sagte Mildred Loos. »Ich möchte meine Söhne Edward und Aladin als vermisst melden.« Und, zögernd, mit verschwommener Stimme: »Ist jemand, der ein Jahr lang spurlos verschwunden ist, tot?«

5

Jedes Jahr verschwanden in Bayern mehr als siebentausend Menschen, die Hälfte von ihnen waren Erwachsene und Jugendliche zwischen dreizehn und siebzehn, allein in München bearbeiteten wir pro Jahr rund eintausendfünfhundert Vermissungen, von denen kaum eine unaufgeklärt blieb. Fanden wir die Leiche einer verschwundenen Person, dann stellte sich in den meisten Fällen als Todesursache Selbstmord und in den wenigsten Fällen ein Verbrechen heraus. In den zwölf Jahren meiner Tätigkeit in der Vermisstenstelle des Dezernats 11 veränderte sich diese Statistik nur unwesentlich. Einige jugendliche Streuner oder Dauerläufer begleiteten mich über Jahre, das heißt, eigentlich begleitete ich sie auf den verschlungenen Pfaden im Dschungel ihrer Gegenwart, die sich aus irgendeinem Grund nie in eine einigermaßen lichte Zukunft verwandelte. Ich kannte ihre Geschichten und Lügen ebenso wie die von Erwachsenen, die erzählten, sie hätten nicht die geringste Ahnung, warum ihr Mann oder ihre Frau oder ihr Bruder von einem Tag auf den anderen untergetaucht sei und ihnen diese Schmach angetan habe, denn nun wären sie gezwungen, vor der Polizei intime Details aus ihrem Privatleben auszubreiten, die niemanden etwas angingen. Den wahren Grund einer Vermissung erfuhren wir oft erst viel später, wenn der Verschwundene zurückgekehrt war und sich unter dem Siegel der Verschwiegenheit uns anvertraute. Was viele Angehörige nicht begriffen war, dass ihr Verwandter oder Bekannter keinesfalls leichtfertig oder übermütig seine Entscheidung getroffen, sondern dass er aus einer extremen inneren Not heraus gehandelt hatte und seine Vorstellung, die gewohnte Wirklichkeit durch eine andere, unbekannte zu ersetzen, ihn eher quälte als beflügelte. Außerdem war Weggehen kein Vergehen. Natürlich hatten die Angehörigen das Recht, Anzeige zu erstatten, und wir versicherten ihnen, alle wichtigen Maßnahmen zu ergreifen, und wir stellten die Daten auch ins System, doch nicht selten warteten wir dann einfach ab, vor allem, wenn es nicht die geringsten Anhaltspunkte für eine Straftat oder einen Selbstmord gab. Und nur bei einer konkreten Gefahr für Leib und Leben handelte es sich um einen Fall, für den wir zuständig waren. Ungezählte Male im Jahr tippten wir also nach drei Tagen einen Vermisstenwiderruf und fügten der Statistik eine weitere Zahl hinzu.

Andererseits lernte jeder Kommissar, der neu in unserem Dezernat anfing, eine Grundregel: Bei keiner Vermissung kann eine spätere Totauffindung ausgeschlossen werden. Egal, wie gewöhnlich und banal die Umstände auf den ersten Blick wirken mochten, das Risiko, eine winzige Spur zu übersehen oder das Geheimnis einer Lüge zu überhören, bestand jedes Mal auf die gleiche Weise.

Und deshalb log ich, als ich auf die Frage von Mildred Loos, ob jemand, der ein Jahr lang verschwunden war, tot sei, antwortete: »Vielleicht.«

Wenn jemand ohne Erklärung, ohne Abschied, ohne die leiseste Ankündigung sein Haus verließ und ein ganzes

Jahr lang keinen Kontakt zu seinen engsten Bekannten, seinen Mitbewohnern aufnahm und noch dazu kein Geld besaß, um sich ein Abenteuer in der Welt leisten zu können, musste ich davon ausgehen, dass wir seine Leiche früher oder später über die Datei der unbekannten Toten identifizieren würden.

»Ich bin es«, sagte ich ins Autotelefon. »Kannst du mir einen Gefallen tun?«

»Dienstlich?«, sagte Sonja.

Keine der aktuellen Beschreibungen aus dem INPOL-System passte auf Aladin Toulouse. Damit erweiterte der ehemalige Fußballprofi unsere Statistik um ein Kuriosum: Wer länger als drei Monate verschwunden war, galt normalerweise als Langzeitvermisster. Das traf, falls die Aussage seines Mitbewohners Distel der Wahrheit entsprach, auf Toulouse zwar einerseits zu, andererseits war Aladin aber bis zu diesem dreizehnten Februar von niemandem offiziell als vermisst gemeldet worden. Außerdem konnten wir nicht ohne weiteres davon ausgehen, dass das Verschwinden der beiden Halbbrüder in einem Zusammenhang stand, immerhin war Edward erst seit einer Nacht und einem halben Tag unauffindbar.

»Gibts eine Spur im Fall Vanessa Wegener?«, fragte Martin. Wir fuhren über die Landshuter Allee zum Stadtteil Lerchenau im Norden Münchens.

»Anke schweigt«, sagte ich. Sonja hatte mir von der Sturheit erzählt, mit der die Freundin der Verschwundenen auf sämtliche Fragen reagierte. Das Mädchen weigerte sich, ohne ihre Eltern, die ins Dezernat mitgekommen waren, einen einzigen Satz zu sprechen, und behauptete unverdrossen, Vanessa und sie seien seit einem Monat total zerstritten, eine Lüge, wie Sonja aus den Vernehmungen anderer Schüler wusste. In spätestens zwei Stunden aber, meinte Sonja, werde Anke nach einem tränenreichen Finale das Spiel aufgeben, das stehe fest.

»Störrische Gören zu knacken ist eine Spezialität von ihr«, sagte Martin. Er fuhr wie immer bedächtig, nach vorn gebeugt, als sehe er schlecht, unterschritt als einziger Verkehrsteilnehmer auf der Ringstraße die Höchstgeschwindigkeit und nahm das Quietschen des Scheibenwischers anscheinend so wenig wahr wie das Hupen und die Gesten der Leute in den Fahrzeugen, die uns überholten. Sich von Martin Heuer chauffieren zu lassen hieß, die Poesie der Dauer erleben und Nachsicht üben, zirka zweimal pro Kilometer.

»Hätt ich nicht gedacht, das mit euch«, sagte er. »Du als altgedienter Zugehmann.«

So hatte er mich noch nie genannt.

»Wie meinst du das?«, sagte ich.

Aber er antwortete nicht, vermutlich weil er sich auf das Umschalten der Ampel konzentrieren musste.

»Wir müssen die nächste rechts«, sagte ich, nachdem wir lange Zeit auf der Lerchenauer Straße unterwegs gewesen waren. Das Einfamilienhaus, das wir suchten, befand sich in der Irisstraße und sah so unauffällig und bescheiden aus wie die meisten Häuser im Viertel, ein Holzzaun grenzte den kleinen Vorgarten zum Bürgersteig hin ab,

das Dachgeschoss war ausgebaut und hatte ein rundes Fenster wie ein Bullauge.
Ein paar Meter entfernt parkte ein Streifenwagen. Ich bedankte mich bei den Kollegen, und sie fuhren davon.
Bis zur Haustür stapften und schlitterten Martin und ich durch grauen Schneematsch.
Ich musste mehrmals klingeln, bis jemand öffnete.
»Super«, sagte der Mann an der Tür. »Ich wart hier schon eine Stunde auf euch.«
Ich sagte: »Schon sind wir da.«
»Und?«, sagte der Mann, nachdem wir uns nicht von der Stelle bewegten. »Gibts einen Ausweis?«
»Unbedingt«, sagte ich.
Er betrachtete die blaue, in Plastik eingeschweißte Karte mit meinem Foto. »Von mir aus.« Ohne ein weiteres Wort verschwand er im Haus.
Im Flur hing ein gerahmtes Bild neben dem anderen, unzählige Szenen aus Fußballspielen, Aufnahmen des jungen Aladin im Kreis seiner Mitspieler und allein, die Arme zum Himmel gereckt, ausgelaugt am Spielfeldrand oder beim Training, Schnappschüsse von namhaften Bundesligaspielern, Zeitungsartikel, Lobeshymnen auf den jungen zukünftigen Star, Postkarten aus England, Italien und Spanien, Aufnahmen von lachenden jungen Frauen, von jubelnden Fans, von Fahnenmeeren in Stadien.
»Besichtigung beendet?«, sagte der Mann, der uns hereingelassen hatte und nun an die Terrassentür gelehnt dastand, die Arme verschränkt, mit vor Ungeduld federnden Beinen. Er trug eine olivgrüne Militärhose, dazu

weiße wuchtige Sportschuhe, einen dunkelbraunen Pullover, darunter ein weißes Poloshirt, dessen Kragen zu sehen war, und eine schwarze Wollmütze. Sein Gesicht wirkte hart und verschlossen, und er blinzelte hektisch. Wenn man ihn länger betrachtete, merkte man, dass er sich die selbstgefällige Masche nur mühsam antrainiert hatte, schon das Auftauchen zweier Polizisten in Zivil verunsicherte ihn bis unter die Mütze.

»Bin ich ein Objekt oder was?«, blaffte er.

»Bitte?«, sagte ich.

Unaufgefordert setzte Martin sich an den Tisch aus massivem dunklem Holz, der das einzige wertvolle Möbelstück zu sein schien. Außer einer hellen, abgewetzten Ledercouch gab es in diesem Zimmer nur noch einen billigen Glasschrank, zwei Stühle, die wahllos herumstanden, einen grünen Teewagen mit angebrochenen Wein- und Schnapsflaschen darauf, einen auf dem Boden stehenden großen Fernseher, daneben einen Videorecorder und stapelweise Kassetten. Keine Regale, keine Bilder an den Wänden, keine Pflanzen. Der graue Auslegeteppich war so schmutzig wie die Fenster. Zumindest funktionierte die Zentralheizung. Schon beim Betreten hatte das Haus einen trostlosen, leblosen Eindruck auf mich gemacht, als würde es demnächst entkernt oder abgerissen werden.

»Was wollt ihr jetzt?«, sagte der Mann und ruckte mit dem Kopf.

»Wie heißen Sie?«, fragte Martin, seinen DIN-A4-Block vor sich.

»Distel.«
»Vorname?«
»Ist das wichtig? Richard. Sag Rick zu mir.«
Ich sagte: »Hören Sie bitte auf, hier rumzuduzen!«
»Was soll ich?«
Bestimmt war es spannend, längere Zeit neben ihm am Tresen einer Kneipe zu stehen.
»Wo ist Ihre Freundin?«, sagte ich.
»Aufm Klo«, sagte er.
»Möchten Sie hier auf unsere Fragen antworten oder lieber aufs Dezernat mitkommen?«, sagte Martin beinah sanftmütig.
»Du bist gut.«
Er schaute an mir vorbei zur Tür. »Hör mal ... Nehmen Sie doch Platz«, sagte er gestelzt.
Ich sagte: »Ich stehe lieber.«
»Sie wohnen hier zur Miete?«, sagte Martin.
Distel verzog den Mund, wippte in den Knien, starrte mich an, meinte aber zunächst Martin, als er loslegte. »Jetzt Klartext, die Herren. Ich wohn hier mit meiner Lebensgefährtin, die heißt Haffner, Sibylle ...« Er wandte sich an Martin, ohne ihn anzusehen, sein Blick hing wie eine Tarantel an mir. »Doppel-F. Der Aladin ist ein Spezl von uns, aus der Gastronomie, ich hab bei Romano gelernt, der Romano hat die Spieler bekocht, in der Freizeit. In seinem Restaurant. Ja?« Er machte eine Pause, als bräuchten wir Zeit, ihm zu folgen.
Ich schwieg.
»Ist was?«, sagte Distel.

»War Aladin zu der Zeit noch aktiv?«, sagte Martin.
»Aktiv war der«, sagte Distel. »Aktiv war der in der Reha. Dem gings beschissen. Der war am Ende. Der hat im Rollstuhl gesessen, der ist reingekommen bei uns, da hast du gedacht, da fährt ein Krüppel rein, so fertig war der. Ich hab mit ihm geredet, so war das. Ich hab ihm ein Verständnis gehabt ...«
»Bitte?«, sagte ich.
Er federte auf und ab und seine Lider flatterten.
»Sie hatten Verständnis für ihn«, sagte ich.
»Sag ich doch. Lass mich mal ausreden.« Dann merkte er, dass er mich geduzt hatte und grinste. »Alles klar. Der Aladin, der hat eine Hilfe gebraucht, der hat jemand gebraucht, der ihm sagt, dass er ein Star wird, dass er wieder gesund wird, dass die Scheiße vorbeigeht. Stimmt doch, oder? Andere werden auch wieder fit, die haben auch kaputte Knie und werden trotzdem Weltmeister.«
»Aladin hat es nicht geschafft«, sagte ich.
Distel winkte ab, stutzte und machte ein paar Schritte ins Zimmer. Ich drehte mich um. Aus dem ersten Stock kam eine Frau herunter. Sie hatte einen Jeansrock, Stiefel und einen ähnlichen braunen Pullover wie ihr Freund an und im Gegensatz zu ihm eine eher breite Figur und blonde zerzauste Haare. An jedem Finger trug sie einen Ring, und ihre Nägel waren abwechselnd rot und schwarz lackiert.
»Das sind die«, rief Distel ihr zu.
Ich stellte Martin und mich vor.
»Ich muss jetzt los«, sagte sie, warf uns einen nebensäch-

lichen Blick zu, stieg auf die Couch und setzte sich auf die Rückenlehne.
»Sie sind Sibylle Haffner?«, sagte ich.
Sie nickte. Ich schätzte sie auf Ende zwanzig, ihn etwas älter.
»Seit wann kennen Sie Aladin Toulouse?«, sagte Martin.
»Hab ich ihm alles schon erklärt«, sagte Distel. »Vom ›Romano‹ und so weiter. Und? Was noch?«
»Haben Sie bei Romano gearbeitet?«, sagte ich zu Sibylle.
»Ich doch nicht.« Sie hatte die Angewohnheit, die Zungenspitze zwischen den Zähnen hindurchzuschieben und ruckartig zurückzuziehen. »Ich arbeite im ›Melchiorstüberl‹, das ist in Laim, bei der Laimer Unterführung in der Nähe. So. Und wenn ich nicht bald losfahr, krieg ich Ärger, und den brauch ich nicht.«
»Das ist weit weg«, sagte Martin.
»Deswegen muss ich auch jetzt los.«
»Wie viel Miete zahlen Sie?«, fragte ich. Als Sibylle heruntergekommen war, hatte ich meinen kleinen karierten Spiralblock aus der Hemdtasche gezogen. Ich machte mir Notizen.
Distel sah seine Freundin an, wippte und blinzelte. Sie verzog den Mund, ähnlich wie er vorhin, und schob die Zungenspitze zwischen die Zähne. Ihre Ticks gefielen mir allmählich.
Martin klopfte mit dem Kugelschreiber auf seinen Block, ich strich mir die Haare aus dem Gesicht. Ich durfte nicht vergessen, sie morgen früh zu waschen.

»Unterschiedlich«, sagte Distel schließlich.

»Im Moment?«, sagte ich.

»Im Moment!«, sagte er. »Im Moment zahlen wir nichts. Weil ...« Er hoffte, seine Freundin würde für ihn einspringen, aber sie schlug bloß die Spitzen ihrer Stiefel aneinander.

»Sie zahlen nichts, weil Aladin verschwunden ist«, sagte ich.

»Was heißt verschwunden, Mann?«, stieß er hervor. »Verschwunden! Ja klar, verschwunden, er ist weg. Aber wenn er wiederauftaucht, zahlen wir wieder was, stimmt doch, oder?« Er wartete auf eine Reaktion seiner Freundin. Sie nickte. »Wir haben selber kein Geld, und das Haus ist bezahlt, das hat der damals gekauft, das hat er sich leisten können, das hat der praktisch bar bezahlt, da sind keine Schulden mehr drauf.«

»Wann haben Sie Aladin zum letzten Mal gesehen?«, sagte Martin. »An welchem Tag?«

»Spinnst du?« Mit einer unerwarteten Drehung ging Distel zum Tisch und stützte sich mit beiden Händen darauf ab. »Ich merk mir das doch nicht. Brauch ich ein Alibi oder was? Das ist ewig her. Ewig ist das her.«

»An welchem Tag genau?«, sagte Martin.

Als Distel sich über den Tisch beugte, sah ich, dass er seine Geldbörse, die in der Gesäßtasche steckte, mit einer Kette an einer Gürtelschlaufe befestigt hatte.

»Im Frühling«, sagte Sibylle.

»Wann genau?«, sagte ich.

»Im März. Oder im April.«

»Wann genau?«
»Du nervst«, sagte sie.
»Wann genau?«
»Im März.«
»Sicher?«
»Ja.« Sie stieg von der Couch, stellte sich hin, strich sich den Rock glatt und ging zur Tür, an mir vorbei. Dann blieb sie stehen. »Außerdem war er zwischendurch noch mal da.«
Distel fuhr herum. »Was? Wann? Wieso hast du mir das nicht gesagt? Wieso nicht? Wieso?«
»Reg dich bloß nicht auf. Das ist dir doch egal, was mit dem ist.«
Distel stürzte auf sie zu und packte sie an der Schulter. Ich schob ihn beiseite, und als er mit einer Hand ausholte, machte ich einen Schritt in seine Richtung, was ihn derart erschreckte, dass ihm fast die Lider abfielen, so stark musste er blinzeln.
»Setzen Sie sich auf die Couch«, sagte ich.
Nach einer Denkpause folgte er meiner Aufforderung.
»Wann war Aladin hier?«, fragte ich Sibylle.
»Irgendwann im Sommer«, sagte sie. »Rick war nicht da. Ich hab oben geschlafen, ich bin aufgewacht, weil ich was gehört hab, ich hab gedacht, er ist es.« Sie nickte zur Couch hin. »Ich bin ganz schön erschrocken, mit Aladin hab ich nicht gerechnet. Er hat Sachen zum Anziehen geholt, er hatte eine Tasche dabei, seine Sporttasche, die hat er früher schon gehabt, mit dem FC-Bayern-Emblem drauf. Ich hab ihn gefragt, wieso er abgehauen ist, er hat

gesagt, er hat sich geschämt, er würd jetzt woanders wohnen, incognito.«

»Incognito«, sagte ich.

Sie nickte, spielte mit der Zunge, blickte zur Haustür.

Wir schwiegen.

»Incognito«, murmelte Distel.

»Und danach haben Sie ihn nicht mehr gesehen?«

»Nein«, sagte Sibylle. »Er hat uns hier wohnen lassen, wir sind gut miteinander ausgekommen zu dritt. Rick musste bei sich ausziehen, und ich hab noch bei meiner Mutter gewohnt, die hat eine Altbauwohnung in der Hohenzollernstraße, ich hab keine Miete bezahlt. Aber hier ist es besser.«

»Wie lange wohnen Sie schon hier?«, fragte ich.

»Zweieinhalb Jahre ungefähr«, sagte sie.

Ich zog die beiden Fotos, die ich von Mildred Loos mitgenommen hatte, aus der Tasche und zeigte sie Sibylle.

»Scharf«, sagte sie. »Da sieht er echt scharf drauf aus, der Aladin. Von wann ist das?«

»Da war er ungefähr zwanzig«, sagte ich.

»Scheißspiel«, sagte sie und klopfte mit ihrem schwarz lackierten Zeigefingernagel auf das Bild.

»Kennen Sie den anderen Mann?«

»Der war diese Woche hier«, sagte sie.

»Wann?«

»Anfang der Woche. Am Dienstag.«

»Wieso weiß ich das nicht?«, sagte Distel laut und wippte im Sitzen mit den Knien.

»Weil du da bei einem ...« Sie betonte das Wort abfäl-

lig »... Vorstellungsgespräch warst, in der Früh um neun.«
Distel sprang auf. »Pass auf!«
»Setzen Sie sich bitte«, sagte ich.
Er blieb stehen, und wieder klebte sein Blick auf mir. Ich schwieg, bis Distel wieder saß.
»Er hat gesagt, er ist der Bruder und er will Aladin sprechen. Da hab ich ihm gesagt, dass Aladin untergetaucht ist.«
»Haben Sie ihm von Ihrer Begegnung mit Aladin im Sommer erzählt?«
»Ja. Er hat mich auch gefragt, wo er sein könnte. Jetzt hab ich seinen Namen vergessen.«
»Edward Loos«, sagte ich.
»Ja«, sagte sie. »Ich hab gesagt, er solls halt mal bei Aladins Ex versuchen. Der Typ war ziemlich schockiert darüber, dass sein Bruder verschwunden ist. Zuerst hat er gedacht, ich verarsch ihn.«
»Warum?«
»Er hat gesagt, sein Bruder hätt nie eine Andeutung gemacht.«
»Wann hätte Aladin eine Andeutung machen sollen?«
»Weiß ich doch nicht!« Sie sah mich eindringlich an.
»Was ist?«, sagte ich.
»Nichts ist.«
»Hatten die beiden Kontakt?«, sagte ich.
»Er hat mir gesagt, sie haben im letzten Jahr öfter telefoniert. Regelmäßig, hat er gesagt. Genau. Regelmäßig.«

»Die beiden haben regelmäßig miteinander telefoniert«, sagte ich und schaute mindestens so konsterniert drein wie Martin. Dann war ich ziemlich lange sprachlos.

»Hallo?«, sagte Sibylle. »Gibts Probleme?«

6

In einem Zustand brodelnder Verblüffung fuhren wir die Glyzinienstraße entlang, vorbei an schlichten, sauberen Einfamilienhäusern mit umzäunten Vorgärten. Wegen Martins Fahrstil hatte ich viel Zeit, mir vorzustellen, wie es wäre, hier zu wohnen, am ausfransenden Rand der Stadt, in einer Illusion von Idylle, im Dunstkreis von Kinderarmut, Prostitution und Industrie, vielleicht mit einem hinkenden Hund aus dem Tierheim, den ich aus Gesundheitsgründen bitten würde, auf dem Bürgersteig vor »Leons Treff« auf mich zu warten, die Gäste dort würden doch nur seine restlichen drei Beine zertreten, meine Vorstadttrinker, die mich hassen, weil ich Polizist bin, aber gleichzeitig von mir verlangen, ihre Strafzettel zurückzunehmen. Samstag Abend in die Trattoria »La Giara II«, Kinky unterm Tisch, er kriegt von Luisa einen eigenen Napf, viel später bedanken wir uns beide, er wedelt mit dem Schwanz, ich verspreche, unbedingt wiederzukommen, und jede Nacht ein Spaziergang, und im Sommer vergnügliches Planschen im Lerchenauer See.

In dieser Gegend hatte Aladin Toulouse ein Haus gekauft, nicht im Süden Münchens wie andere Sportler und Prominente, nicht im Grünen, in einer Vorzeigeumgebung, am Hochufer der Isar, in Parknähe, unter Gleichgesinnten und ebenbürtigen Verdienern. Stattdessen hatte er sich für ein jenseitiges Viertel entschieden, außerhalb des Lichtkegels, der gerade begonnen hatte, auf ihn zu fallen,

und anscheinend hatte niemand versucht, ihn umzustimmen, nicht einmal sein Manager, der nach Aussage von Mildred Loos zu ihm in einem kameradschaftlichen Verhältnis stand.
Dann gelang es Martin, auf die Lerchenauer Straße zurückzufinden.
Bevor ich anfing, die Aussagen der Mutter anzuzweifeln, rief ich noch einmal bei ihr an. Aber sie schwor, sie habe von dem stetigen Kontakt zwischen ihren Söhnen nichts gewusst. An den Namen des Freundes, der Aladin das Haus vermittelt hatte, konnte sie sich nach wie vor nicht erinnern, und in ihren Unterlagen und Briefen, die sie in der Zwischenzeit durchgesehen hatte, gab es nicht den geringsten Hinweis auf ihn.
»Sie hat keinen Grund, uns anzulügen«, sagte Martin.
Über die Auskunft besorgte ich mir die Telefonnummer und Adresse von Esther Pfau, Aladins Exfreundin. In ihrer Wohnung schaltete sich der Anrufbeantworter ein, allerdings hinterließ Esther die Nummer ihres Handys.
Während ich mit der Frau sprechen wollte, würde Martin Heuer Aladins ehemaligen Hausarzt aufsuchen, dessen Angaben für die Fahndung von großer Bedeutung sein konnten, zudem benötigten wir für die Vermisstenanzeige Details über die Verletzungen – zurückgebliebene Narben und andere sichtbare Merkmale –, außerdem Schemata der Zähne, alles, was uns bei der möglichen Identifizierung eines Toten weiterhalf. Gegenüber Mildred Loos hatten wir diesen Teil unserer Arbeit verschwiegen.

»Wo sind Sie?«, sagte ich ins Autotelefon.
»In der Theatinerstraße«, sagte Esther Pfau.
»Dann treffen wir uns in einer halben Stunde im ›Franziskaner‹.«
»Ich bin verabredet«, sagte sie. »Und ich muss vorher noch nach Hause. Ich hab mit dem Aladin schon lang nichts mehr zu tun.«
»Ja«, sagte ich. »Zwanzig Minuten, länger dauert unser Gespräch nicht.«
»Können wir das Gespräch nicht am Telefon führen? Ich hab sonst echt ein Problem. Mein Freund rastet immer gleich aus.«
»Ihr Freund, der Trainer?«, sagte ich.
»Was?«, sagte sie.
Für einige Sekunden war die Verbindung unterbrochen, dann rauschte und knackte es in der Leitung.
»Was?«, sagte sie noch einmal.
»Sie sind mit einem Fußballtrainer liiert«, sagte ich. In der einen Hand hielt ich den Hörer fest, mit der anderen den kleinen karierten Block, den ich auf mein Knie gelegt hatte, um mir Notizen zu machen.
»Ich seh nichts im Rückspiegel«, sagte Martin.
Ich saß auf der Rückbank genau zwischen den Vordersitzen.
»Ist doch egal«, sagte ich. »Die überholen uns doch sowieso alle.«
»Ich hab Ihren Namen nicht richtig verstanden«, sagte Esther Pfau ins Handy.
»Tabor Süden«, wiederholte ich. »Dezernat 11, Vermiss-

tenstelle.« Ausnahmsweise nahmen wir einen kleinen Recorder zu Hilfe, der auf dem Beifahrersitz lag und Esthers Antworten aus dem Lautsprecher aufzeichnete.

»Haben Sie in letzter Zeit mit Aladin Toulouse gesprochen?«, sagte ich.

»Nein, schon lang nicht mehr. Was ist denn los? Er ist verschwunden? Was meinen Sie damit?«

»Niemand hat Kontakt zu ihm«, sagte ich, obwohl ich mir mittlerweile nicht mehr sicher war.

»Er hatte nie viele Kontakte«, sagte Esther. »Ich hab seit drei oder vier Jahren nichts mehr von ihm gehört, wenn, dann aus der Zeitung. Ich hab keine Ahnung, was er so treibt. Was heißt das, verschwunden? Ist ihm was zugestoßen?«

»Das wissen wir nicht«, sagte ich. »Welche Freunde hatte er außer Ihnen, mit wem hat er sich regelmäßig getroffen?«

»Mit den anderen natürlich!«

Ich hörte das Klingeln einer Straßenbahn und ein undefinierbares Stimmengebrumm.

»Den anderen Spielern seiner Mannschaft«, sagte ich.

»Ja«, sagte Esther. »Aber die meiste Zeit hat er trainiert, privat hat er nicht viel unternommen, mit mir schon. Weil ich ihn gezwungen hab. Ich musste ihn immer zwingen, mal rauszugehen, unter die Leute, zu Partys, in die Bars, da saßen ja auch seine Kumpels rum. Er konnte ganz schön lahmarschig sein. Nur auf dem Fußballplatz war er topfit, als wär er plötzlich jemand anderes, als würd er mit dem Trikot eine neue Haut überstreifen, die eine Superenergie ausstrahlt, nicht wiederzuerkennen, der Typ.«

»Warum haben Sie sich von ihm getrennt?«, sagte ich.

»Er hat sich von mir getrennt. Er wollt mich loshaben, er wollt allein sein im Krankenhaus und bei der Reha, er wollt nicht, dass ich ihn so seh, das war ein Problem für ihn. Ich hab ihm erklärt, ich bin seine Freundin, vor mir braucht er sich nicht zu genieren. Hat ihn nicht interessiert. Er hat mich so lange genervt, bis ich die Konsequenzen gezogen hab. Das wars dann, er hat sich nie wieder gemeldet. Erst eine Woche nach unserer Trennung hab ich kapiert, dass ich einen Fehler gemacht hab. Aladin hat keinen Kommentar abgegeben, aber die Pressefuzzis haben geschrieben, ich hätt ihn verlassen, weil ich es nicht mehr ausgehalten hätt mit ihm als Krüppel, weil er jetzt kein echter Spieler mehr war, sondern ein Invalide. Die haben mich hingestellt wie so eine Tussi, die hinter seinem Geld her ist und geil drauf ist, mit ihm in der Zeitung abgebildet zu werden und so Zeug. Die wollten mich fertigmachen. Ich bin dann erst mal nach Lanzarote drei Wochen. Moment mal ...«

Auf der Schleißheimer Straße stauten sich die Autos an den Kreuzungen. Ein leichter Regen fiel, und es war dunkel geworden, kurz nach siebzehn Uhr.

»Ich hab schnell meinen Schirm aufgespannt«, sagte Esther Pfau. »Ich bin auf dem Weg ins Tal, da steht mein Auto, direkt vor dem Geschäft.«

»Was für ein Geschäft?«, sagte ich.

»Ich arbeite bei Müller«, sagte sie. »Freitagnachmittag

hab ich immer frei, da geh ich shoppen. Heut hab ich nur zwei Blusen gekauft, da wird Ebi sich freuen, er behauptet immer, ich wär verschwenderisch, das kommt ihm nur so vor, weil er so geizig ist. Nicht bei mir, aber bei sich selber.«

»Wer ist Ebi?«

»Mein Freund, Eberhard Farn.«

»Der Trainer«, sagte ich. »Kennt er Aladin Toulouse?«

»Nein, er ist nicht für die Füße, sondern für die Hände zuständig. Er ist Handballtrainer.«

»Kennen Sie den Halbbruder von Aladin, Edward Loos?«, sagte ich.

»Nein.«

»Aladin hat nie von ihm gesprochen?«

»Ich kann mich nicht dran erinnern. Spielt der auch Fußball?«

»Nein«, sagte ich.

»Wer hat Aladin das Haus in der Lerchenau vermittelt?«

»Der beknackte Hollender war das.«

»Was für ein Holländer?«

»Er heißt so. Erik Hollender, mit e in der Mitte. Schmieriger Kerl.«

»Woher kannten sich Aladin und Hollender?«

»Keine Ahnung. Er hat Wohnungen und Häuser im Auftrag einer Bank verkauft und vermietet, keine Ahnung, von welcher Bank. Ich bin jetzt am Auto.«

Ich sagte: »Wissen Sie, wo Hollender wohnt?«

»Wirklich nicht«, sagte Esther Pfau. »Der hat sich dermaßen an den Aladin rangeschleimt, das werd ich nie vergessen. Und der Aladin hat sich rumkriegen lassen, er hat ein Haus da draußen hinter der Autobahn gekauft. So beknackt war der! Seine Kumpels haben ihn ausgelacht deswegen.«

»Haben Sie in dem Haus gewohnt?«, sagte ich.

»Ein halbes Jahr«, sagte Esther. »Dann bin ich wieder in die Stadt gezogen, das hält doch keiner aus da draußen.«

Ich sagte: »Aladin hat es ausgehalten.«

»Der war glücklich da. Dem gefiel das, dass da nichts los war. Der war kurz davor, sich einen Gartenzwerg in den Garten zu stellen. Und ich bin fast gestorben vor Langeweile. Die Leute haben ihn gegrüßt, er war ja damals dauernd in der Zeitung. Schrecklich war das.«

»Sagen Ihnen die Namen Richard Distel und Sibylle Haffner etwas?«

»Rick und Bille? Ja, ja ... Aber was?«

»Ein Koch und eine Bedienung, er arbeitete im Restaurant ›Romano‹.«

»Auch so ein Ranwanzer«, sagte Esther. »Eigentlich hab ich den Aladin nie verstanden. Auf dem Platz war er ein Ass, absolut professionell und superbegabt. Aber als normaler Mensch ... da war er irgendwie absolut unprofessionell und unbegabt. Er hats einfach nicht hingekriegt, mit niemandem, mit mir nicht, mit seinen Kumpels nicht und mit sich selber auch nicht.«

Martin war noch nicht ins Dezernat zurückgekehrt, als Erik Hollender zur Tür hereinkam, ein kleinwüchsiger Mann Ende dreißig mit einem weichen kindlichen Gesicht und geduckter Haltung, der seine strähnigen Haare zu einem kurzen Zopf zusammengebunden hatte. Über seinem dunkelblauen Jackett trug er einen grauen Anorak, dazu eine Cordhose und gefütterte Winterschuhe mit dicken Gummisohlen.

Mit seiner Aktentasche vor der Brust blieb er stehen und lächelte Sonja, Paul Weber und mich an.

Ich sagte: »Grüß Gott.«

»Grüß Sie«, sagte er, und sein Lächeln hörte nicht auf.

»Sie hätten nicht extra zu kommen brauchen«, sagte ich. »Ich hätte meine Fragen auch am Telefon gestellt.«

»Das ist nie gut«, sagte er. »Besser, man steht sich gegenüber, die Dinge werden dann leichter.«

Das war ein interessanter Gesichtspunkt. Ich bot ihm einen Stuhl an, er hängte seinen Anorak über die Lehne, und Paul, der später Bereitschaftsdienst hatte, ging in sein Büro zurück. Sonja Feyerabend machte sich auf den Weg in den zweiten Stock, wo ihr kurz zuvor in dem Raum mit dem niedrigen Fenster, den wir als Vernehmungszimmer benutzten, gelungen war, was sie sich vorgenommen hatte, und zwar schneller als erwartet: Unter dem Ausstoß von offenbar mehreren Litern Tränen hatte ihr Anke gestanden, dass sie den Mann im weißen BMW kannte und sogar wusste, wo Vanessa und er sich möglicherweise aufhielten. Mitten in Ankes Weinen hinein krachte eine Ohrfeige ihres Vaters, die Sonja nicht hatte verhindern können, die sie allerdings auch nicht völlig verwerflich fand.

Beim Vorbeigehen streifte Sonja meinen Arm, aber wir

sahen uns nicht an, sondern sparten uns die Blicke auf.
»Möchten Sie etwas trinken?«, fragte ich.
»Keine Umstände«, sagte Hollender und lehnte seine Tasche ans Tischbein.
Ich setzte mich. In aller Eile hatte ich mir vorhin in der Halle des Hauptbahnhofs gegenüber dem Dezernat ein Sandwich besorgt und hinuntergeschlungen, mit der Folge, dass das Knurren in meinem Bauch eine andere, aggressivere Tonlage bekam. Außerdem hatte Erika Haberl, die Sekretärin in der Vermisstenstelle, aus Kostengründen wieder einmal billigen Kaffee eingekauft, der wie flüssiges Styropor schmeckte.
»Einen Kaffee sollt ich nehmen«, sagte Hollender.
Ich sagte: »Gute Idee.« Auf diese Weise wurde die Kanne endlich leer. Hollender trank den Kaffee schwarz und lächelte wieder.
»Ich hab die Unterlagen jetzt nicht dabei«, sagte er. »Ich bin nicht mehr ins Büro gekommen. Was heißt das, Herr Toulouse ist verschwunden? Geht die Immobilie an jemanden anderen über? Oder soll sie verkauft werden? Das wär kein Problem, das ist eine gute Lage, ruhig, trotzdem perfekt angebunden ans Zentrum, U-Bahn, S-Bahn, Busse, viel Grün, kein Problem.«
»Wo ist dort ein S-Bahn-Anschluss?«, sagte ich.
»S-Bahn. S-Bahn Fasanerie, Feldmoching, das ist um die Ecke, da haben Sie auch gleich die U-Bahn. Oder Sie fahren zur Hasenbergl-Station oder rüber zum Harthof. Oder Sie fahren runter, Olympiapark-Nord.«

»Ich will nicht hinziehen«, sagte ich.
»Klar nicht«, sagte Hollender, hielt die Tasse vors Gesicht und sog Luft durch die Nase, als atme er ein Hochlandaroma ein.
»Hatten Sie im vergangenen Jahr Kontakt mit Aladin Toulouse?« Für die Notizen benutzte ich wieder meinen Spiralblock. Nebenan tippte Erika Haberl das Gesprächsprotokoll aus dem Auto ab.
»Schon lang nicht«, sagte Hollender. »Kein Grund. War alles geregelt. Er hat die Immobilie bar bezahlt, das war ein Schnäppchen, zweihunderttausend, wenn ich mich nicht täusche. Mark natürlich. Herr Toulouse hatte ein paar sehr lukrative Werbeverträge in der Tasche, er wollte investieren, und das war klug. Ich hab ihm dabei geholfen, im Auftrag seiner Bank.«
»Der Raiffeisenbank, bei der Sie arbeiten«, sagte ich.
»So ist es.« Er stellte die Tasse hin, sah sich um und legte die Hände auf den Tisch. »Verschwunden? Was heißt das?«
»Wie haben Sie Aladin Toulouse kennen gelernt?«
»Über Frau Viellieber.«
»Wer ist das?«
»Eine Kollegin, sie hat Herrn Toulouse betreut, er ist ihr Kunde, ich bin nur noch selten im Haus, das Immobiliengeschäft läuft fast ganz über mich inzwischen, ich mach das von meinem eigenen Büro aus. Gelegentlich vermittle ich auch Objekte, die nicht von der Bank kommen, die direkt an mich herangetragen werden.«
»Ihre Bank erlaubt das?«, sagte ich.

Vielleicht hatte er sich dieses Lächeln patentieren lassen, es passte zu jeder Gelegenheit, und gewiss gab es Leute, nicht nur in seiner Branche, die es sich gegen gutes Geld ausgeliehen hätten, und er hätte es ihnen für gute Zinsen zur Verfügung gestellt.

»Meine Bank erlaubt das«, sagte er mit hochgezogenen Schultern, wodurch er seine geduckte Haltung auch im Sitzen beibehielt.

»Aber Sie bieten dann einen Kredit Ihrer Bank an, der wesentlich günstiger ist als der, den Ihre Kunden bei ihrer eigenen Bank bekommen.«

»Das darf ich nicht«, sagte Hollender.

Ich schwieg.

Im Nebenzimmer hörte ich das Brummen des Druckers, Erika war mit der Abschrift fertig.

»Das wäre gegen die Bestimmungen.« Hollender hob für einen Moment den Zeigefinger. »Selbstverständlich frage ich den Käufer, welche Konditionen ihm seine Hausbank einräumt. Die Entscheidung liegt bei ihm. Wenn er mich nach einem Angebot fragt, mache ihm eins, das ist eine offene Sache, die Dinge klären sich im Gespräch, ich dränge mich nicht auf. Die Käufer, mit denen ich es zu tun habe, wissen, was sie wollen, sie kennen ihre Verhältnisse, sie lassen sich nicht über den Tisch ziehen. Das ist nicht meine Absicht, das wäre das Verkehrteste.«

»Kommt es oft vor«, sagte ich, »dass einer Ihrer Käufer *nicht* in letzter Minute vor dem Kauf noch zu Ihrer Bank wechselt?«

Er sah mich an, als überfordere ihn die Frage. Nach einem langen Zögern sagte er: »Darauf möcht ich nicht antworten. Herr Toulouse war definitiv schon vorher Kunde unserer Bank, seine Mutter übrigens auch, wenn ich mich nicht täusche.«
»Wieso hat er ausgerechnet ein Haus in der Lerchenau gekauft?«, sagte ich.
»Gute Gegend. Schnäppchen.« Wieder vertrieb dieses Lächeln die Trostlosigkeit aus meinem Büro, und ich war mir sicher, wenn er dazu fähig gewesen wäre, dann hätte der rachitische Hibiskus auf dem Fensterbrett zurückgelächelt.
»Wohnte er schon in der Gegend?«, sagte ich.
»Er hatte ein Appartement im Olympiadorf, das ist um die Ecke. Sie brauchen nur über den Ring rüber und schon sind Sie in der Lerchenau und dann auf der Lerchenauer immer gradeaus und zack, stehen Sie vor unserer Filiale.«
Ich sagte: »Ich war heute schon dort. Wenn jemand im Olympiadorf wohnt, warum eröffnet er dann ein Konto in einer Bankfiliale in der Lerchenau?«
»Fragen Sie Frau Viellieber, die könnt das wissen.«
»Guten Abend«, sagte Martin Heuer, der in der Tür aufgetaucht war. Seine Knollennase war gerötet, und die Haare klebten ihm wie zu einem Nest geformt auf dem Kopf. Er hatte den Reißverschluss seiner Daunenjacke bis zum Hals zugezogen und wirkte, als würde er frieren, ein Anblick, den ich gewohnt war und doch jedes Mal kaum ertrug.

»Und?«, sagte Martin, nachdem mir der Makler seine Visitenkarte in die Hand gedrückt und das Büro verlassen hatte. »Ziehst du demnächst um?«
»Niemals«, sagte ich.

Auf der Suche nach einem Mann, die ohne Martin Heuers professionelles Gespür und Drängen nicht begonnen hätte, öffneten wir innerhalb weniger Stunden Tür um Tür und stießen auf immer neue Personen, die in meiner Vorstellung den Raum um den Vermissten nur noch vergrößerten. Außerdem war zu diesem ein Bruder hinzugekommen, dessen Verschwinden nach allem, was wir herausgefunden hatten – und wenn wir die Notizen richtig interpretierten, die, verteilt auf ungefähr zehn DIN-A4-Seiten, vor uns auf dem langen Tisch lagen –, viel eher einen Fall darstellte und Anlass zu großer Sorge bot. Jeder für sich hatten Martin und ich die Protokolle zwei weitere Male gründlich gelesen, kurz darauf stieß Sonja zu uns, die die Berichte ebenfalls durchsah, und keiner von uns dreien zweifelte daran, dass die vernommenen Zeugen glaubwürdig waren. Aus der Geschichte eines Mannes, der nach München gereist war, um die Stadt als deutscher Meister im Luftgitarrespielen wieder zu verlassen, war die Geschichte eines Mannes geworden, der von München aus aufbrechen wollte, um als Fußballspieler die Welt zu beeindrucken. Und nun sah es so aus, als habe ihr Traum beide aus der Wirklichkeit gelockt und ihre Spuren vollständig verwischt, als wären sie Männer aus Schnee gewesen, die an einem lauen Früh-

jahrstag so rasch verschwanden, dass die Kinder nicht einmal Zeit fanden, ihnen hinterherzuwinken.
Aber das waren nur Bilder, die mir halfen, die Ohnmacht zu ertragen, die ich von vielen Vermissungen her kannte, Vergleiche, die mir in der Wirklichkeit nicht weiterhalfen und auf die ich dennoch angewiesen war, weil die Fakten nichts erzählten, sie zementierten nur die Stille drumherum. Bei fast jedem Fall, den ich bearbeitete, explodierte an einem bestimmten Punkt der Ermittlungen das Orchester der Stimmen, die wir mühevoll zusammengetragen hatten, und hinterließ ein gottloses All. In dieser Finsternis irrte ich genauso umher wie die Angehörigen, alle Worte, die mir zum polizeilichen Jonglieren zur Verfügung standen, hatte ich verbraucht, sie lagen auf den leeren Tischen, den alten Sofas, sie klebten an den geschlossenen Fenstern und Türen und zerknitterten Fotografien, sie schwebten durch die verbrauchte Luft, sie hatten jeden Klang verloren. Das stimmt doch nicht, sagte ein Vater dann. Wir haben unsere Tochter nicht überbehütet oder gegängelt oder bevormundet, das stimmt doch nicht. Das stimmt doch nicht, sagte eine Ehefrau dann. Er hat sich nicht gelangweilt, er ist gern zur Arbeit gegangen und auch gern nach Hause gekommen, er war nicht labil oder lustlos, das stimmt doch nicht. Das stimmt doch nicht, sagte eine Mutter dann. Meine Tochter war nicht einsam, sie hatte Freunde und einen schönen Beruf, und jedes Weihnachten hat sie mich besucht, sie war nicht depressiv, das stimmt doch nicht. Und ich sagte dann, das habe ich nicht behauptet,

ich habe Sie nur gefragt. Und sie sagen, nein, das haben Sie behauptet, Sie glauben mir nicht, Sie vermuten, da ist noch etwas, das wir Ihnen verschweigen, aber das stimmt nicht, das stimmt nicht. Und ich wusste, es stimmte, und ich hatte doch keine andere Wahl, als still zu sein, noch stiller und unauffälliger, in der Nähe der Tür, im Halbdunkel, Stellvertreter dessen, der jetzt fehlte. Ich füllte nur den Raum aus, ich verwaltete nur die Luft, die für einen anderen Atem bestimmt war, ich machte mich nur nützlich als Magnet der allgemeinen Furcht. Wie lange die Starre andauerte, hing meist vom Zufall ab, von etwas Lächerlichem wie dem Knurren eines Magens oder dem plötzlichen Überdruss eines Haustiers. Einmal, in einer Nacht, die widerhallte vom Schmerz einer Mutter, schoss der gelbe Kanarienvogel, der mehrere Stunden lang reglos und stumm auf seiner Stange gesessen hatte, aus dem Käfig und begann, mit einem schrillen Piepsen im Kreis durch den Raum zu fliegen, unaufhörlich, in einem so präzisen Kreis, als folge er einer vorgeschriebenen Route. Er piepste laut und böse, und seine Flügel raschelten, und scharfer Wind ging von ihm aus, und nachdem er vielleicht zwanzig Runden gedreht und sich sein Piepsen bis zu einer Form von Hysterie gesteigert hatte, schnellte die Frau, die ihre fünfzehnjährige Tochter vermisste, aus dem Sessel hoch, in dem sie sich die Finger blutig gekratzt hatte, und stürzte sich auf das vorübersausende Tier. Natürlich erwischte sie es nicht, und je öfter sie danebenschlug – sie schlug mit beiden Händen abwechselnd, als ohrfeige sie die Luft –, desto fanatischer verfolgte sie den Vogel, und wie er drehte sie eine Runde nach der anderen, sie rannte ihm hinterher, exakt im Kreis wie im Zirkus, mit erhobenen Armen und wütenden Händen. Er piepste, sie keuchte, und ich wich ihnen aus, drückte mich an den Türrahmen zum Flur, und vor meinen Augen fegte der gelbe Kanarienvogel vorbei, ich sah seinen aufgerissenen Schnabel und seinen aufgeplusterten Bauch und roch den Schweiß und das Parfüm der Frau. Inzwischen musste sie mindestens dreißigmal im Kreis gerannt sein, ohne aus unerklärlichen Gründen den Vogel auch nur berührt zu haben. Und dann stolperte sie über eine Teppichwelle und schlug hart mit dem Gesicht auf, und neben ihrem Kopf fiel der Vogel herab und blieb auf dem Rücken liegen. Benommen richtete sich die Frau auf und rang nach Luft, und als sie das tote gelbe Tier bemerkte, weinte sie hemmungslos, aber ich bildete mir ein, es war das Lachen ihres maßlosen Schmerzes. So lächerlich erschien mir der Anblick des erledigten Vogels und so unerträglich hilflos kam ich mir beim Anblick der auf dem Boden knienden lachweinenden Frau vor, dass diese Szenen wieder und wieder in meinen Träumen auftauchten, hell und real, und ich hörte das Piepsen, das auf mein Trommelfell einhackte, und ich hörte das Rauschen des Gefieders und roch den süßlichen Duft der Frau, und ich kam nicht von der Stelle, ich fing selber an zu weinen, und das widerte mich an, und ich dachte, jetzt passe ich genau auf, wenn der Vogel auf mich zufliegt, schlage ich mit der Faust nach ihm, und ich werde ihn nicht verfehlen, ich nicht. Und im nächsten Moment wünschte ich, ich hätte einen anderen Beruf, in dem ich Antworten habe und Taten vollbringe und kein verrückt gewordener gelber Kanarienvogel mich lächerlich macht, und wenn ich dann aufwachte, nass im Gesicht und mit klopfendem Herzen, wünschte ich es noch eine Weile weiter. Herr Kommissar, sagten die Leute oft, Sie müssen doch Verständnis haben. Ja, aber manchmal begriff ich mein Verständnis nicht.

»Jetzt sind wir schon wieder in dieser Gegend«, sagte Martin vor dem Haus von Genoveva Viellieber.

Es war dunkel und still. Keine Lerche besang die Lerchenau.

Ich kam aus einer anderen Wirklichkeit.

Bevor wir aufgebrochen waren, hatten wir beschlossen, eine Stunde Auszeit zu nehmen. Martin ging in ein türkisches Lokal in der Goethestraße unweit des Dezernats, und ich machte Sonja einen Vorschlag, der sie verblüffte. Aber sie folgte mir mit einer Aura von Schüchternheit, die ihre Bewegungen zierte.

»Alles bereit«, sagte dann Jonathan, der an diesem Abend an der Hotelrezeption Dienst hatte.

»Ich weiß nicht«, sagte Sonja im Aufzug. »Also ... wirklich ...«

Weder Martin noch ich hatten daran gedacht, noch einen Blick ins System zu werfen. Nach unserer Rückkehr ins Dezernat schalteten wir die Computer aus und verab-

schiedeten uns von Sonja, die noch immer verblüfft war, allerdings auf andere Weise als vor einer Stunde.
Die Meldung erreichte uns erst am nächsten Tag.

»Ich hab Tee gekocht«, sagte die etwa sechzigjährige Frau im dunkelblauen knöchellangen Kleid.
»Frau Viellieber«, sagte ich, »hatten Sie neulich Besuch von Edward Loos?«
»Ja«, sagte sie.

7

Vom Fenster aus blickte sie hinunter auf die Straße, an der in dreihundert Metern Entfernung unser Dezernat lag. Im weißen Bademantel stand sie mit dem Rücken zu mir im milden gelblichen Licht des Zimmers, eine Hand an der Scheibe, den Kopf leicht zur Seite gedreht, als wolle sie sich nicht vollständig von dem abwenden, was hinter ihr geschah. Doch ich bewegte mich nicht. Seit einer Weile genoss ich mit geschlossenen Augen den Geruch unserer Körper, das Sirren der Haut, die Rinnsale in ihrem Nacken, er gehörte weder ihr noch mir, es war der Duft der Entfernung zwischen uns, und das Sirren der Haut war das Echo eines Schreis, der unsere Stimmen gefressen und uns mit entleertem Atem zurückgelassen hatte. Und weil wir alle Blicke, die wir den Nachmittag über aufgespart hatten, in der vergangenen halben Stunde ausgegeben hatten, schauten wir einander nicht an. Auch nicht, als ich mich an sie schmiegte und die Arme um sie schlang, auf die sie ihre Hände legte. Von sehr weit her drangen die Geräusche der Straße zu uns. In einer anderen Stadt würden wir vielleicht ins Bett zurückkehren und schon am Fenster von neuem beginnen.

»Jetzt hätt ich gern ein Stück Erdbeerkuchen«, sagte Sonja.

»Ich rufe den Zimmerservice«, sagte ich.

»Du spinnst ja.«

Mit einem Ruck, der meine Umarmung sprengte, drehte sie sich zu mir um.

»Ich hab mich von dir abschleppen lassen«, sagte sie. »In ein Hotelzimmer. Während der Dienstzeit!«
»Das stimmt«, sagte ich.
Sie schaute an mir herunter. Im Gegensatz zu ihr trug ich keinen Bademantel. Sie legte ihre Hand auf mein Geschlecht, flach, als müsse sie es vor jemandem verbergen oder schützen, und ich betrachtete ihre hohe Stirn und die schmale Nase, deren Spitze leicht nach oben zeigte, ohne dass sie deswegen wie eine Stupsnase wirkte, ihre Wangen und ihre geschwungenen Lippen, deren Anblick mich erregte.
»Nein, nein«, sagte Sonja und nahm die Hand weg.
Sie machte den Eindruck, als hätten wir zum ersten Mal zusammen geschlafen und ich hätte sie überrumpelt. Ich ging an ihr vorbei, zog meinen Slip und mein T-Shirt an, kehrte um und umarmte sie wortlos. Sie fragte nichts. Dann ließ ich sie los, strich ihr über die Wangen und verschränkte die Arme.
»Woher kennst du den Mann an der Rezeption?«, sagte sie.
»Ich habe ihm seine Frau zurückgebracht«, sagte ich.
Sonja wartete, ob ich weitersprach, aber weil ich schwieg, ging sie ins Bad und duschte ein zweites Mal, diesmal allein. Anschließend tat ich dasselbe.
»War die Frau ein Vermisstenfall?«, sagte sie, während das heiße Wasser auf mich niederprasselte.
»Nein«, sagte ich. Nachdem ich mir die Haare geföhnt und mich angezogen hatte, sagte ich: »Wir kannten uns aus der Kneipe. Er und seine Frau waren seit der Schul-

zeit zusammen. Irgendwann wollte sie es einfach mal mit einem anderen Mann probieren, er hat sie schlecht behandelt, sie hat ihn verlassen und sich einen neuen gesucht.«

»Bitte?«

»Sie war besessen von der Idee, schönen Sex mit einem anderen Mann als ihrem eigenen zu haben.«

»Warum?«

»Ich habe sie nicht gefragt. Es klappte sowieso nie. Aber dann wollte sie nicht mehr zu Jonathan zurück, sie schämte sich. Sie war Ende dreißig.«

»Und du hast sie dazu gebracht zurückzukehren«, sagte Sonja.

»Ja«, sagte ich. »Ich habe ihr eine ganze Nacht lang zugehört.«

»Wollte sie mit dir auch ins Bett?«

»Ja.«

Sonja, die am Tisch saß, unterbrach das Schminken.

Ich schwieg.

»Du hast mit ihr geschlafen«, sagte sie.

Ich sagte: »Es ging nicht anders.«

»Ich will deine Weibergeschichten nicht hören«, sagte Sonja und klappte den Spiegel zu, den sie in der Hand hielt. »Ein sauberer Freund bist du! Hast du Jonathan davon erzählt?«

»Natürlich«, sagte ich.

»Bitte?«

»Er hat gesagt, wenn es geholfen hat, sie zurückzubringen, ist ihm alles recht.«

»Du lügst mich an«, sagte Sonja.
»Ja«, sagte ich und setzte mich auf die Bettkante, ihr gegenüber.
»Du hast die Geschichte erfunden?«, sagte Sonja.
»Ich kenne Jonathan nicht, ich hatte die Idee, heute eine Stunde mit dir in einem Hotelzimmer zu verbringen, also bin ich nach unserer Fahrt in die Lerchenau hierhergegangen und habe dem Mann an der Rezeption meinen Plan erklärt. Er fand ihn gut.«
»Aber warum hast du mir gerade diese Geschichte erzählt?«, sagte sie und sah mich mit ernster, fast besorgter Miene an.
»Damit wir noch nicht gehen müssen«, sagte ich.
Es war kindisch, es war lächerlich, wie der gelbe im Kreis fliegende Kanarienvogel. Und dennoch war es wahr. Ich war vierundvierzig Jahre alt, und als ich dreizehn war, starb meine Mutter, und als ich sechzehn war, verschwand mein Vater, und ich sah ihn nie wieder. Ich kannte alle Gesetze der Einsamkeit, und manchmal bildete ich mir ein, ich hätte das Vergehen der Zeit an meinem ersten Geburtstag begriffen und es würde nichts bedeuten, es wäre nur ein Übel, das man nicht loswurde. Und ich beobachtete andere Kinder, andere Erwachsene, ich sah, wie sie heranwuchsen und lebten, zwischendurch trauerten sie um jemanden, der gestorben, oder eine Liebe, die zerbrochen, einen Sommer, der vergangen war, aber dann nahmen sie wieder in der Wirklichkeit Platz und stellten vergnügt im Frühjahr die Uhren eine Stunde vor, und ich weigerte mich, überhaupt eine Uhr zu tragen. Wenn mein Vorge-

setzter mich fragte, was der Unsinn solle, sagte ich, ich sei umzingelt von Zeit, wo immer ich hinkomme, eine Uhr sei auf jeden Fall vor mir da.
Ich hatte keine Angst vor dem Alter, ich sehnte mich nicht nach der Kindheit zurück, und der Tod war mein Alltag, als ich noch in der Mordkommission arbeitete. Aus dem Spiegel sah mich ein alternder Kerl an, den ich nicht gegen einen anderen tauschen wollte.
Ich wollte nur manchmal etwas länger bleiben.
»Wir müssen los«, sagte ich und zog die Lederjacke an und den Reißverschluss zu.
»Warum jetzt so plötzlich?«, sagte Sonja, die immer noch am Tisch saß wie vorhin. Als wäre es immer noch vorhin.
»Ich warte in der Halle auf dich«, sagte ich und verließ das Zimmer.

Ich hatte gerade bezahlt und mich von Jonathan verabschiedet, da kam sie mit der ledernen Schirmmütze auf dem Kopf in ihrem dunkelgrauen knielangen Wollmantel die Treppe herunter, verwirrt und nicht willens, mir die Hand zu geben. Aber ich schwieg. Hinter ihr trat ich durch die Glastür, die sich automatisch öffnete, hinaus in den kühlen Abend. Unter dem Baldachin blieb Sonja stehen, sah mich lange an, nahm mein Gesicht in beide Hände, küsste mich auf den Mund und sagte mit einem grünen Staunen in den Augen: »Das war wirklich wunderschön.« Dann wandte sie sich zur Straße hin, und ich wartete noch ein wenig auf nichts.

Bevor wir aus dem Auto stiegen, fragte Martin: »Was hat das Zimmer in dem Nobelhotel eigentlich gekostet?«
Ich sagte: »Glaubst du, das spielt eine Rolle?«
»Ich will es trotzdem wissen.«
Ich sagte es ihm nicht.
Auf dem Weg zum Haus Nummer fünfzehn meinte er: »Hätt ich nicht gedacht, dass sie mitgeht. Ich hätt gedacht, sie geniert sich.«
Ich sagte: »Ich auch.«
Martin trat seine Zigarette aus. »Hoffentlich nutzt uns die Frau was, ich will mit dem Vagabond morgen auf der Bühne stehen.«

»Wann hat Edward Loos Sie besucht, Frau Viellieber?«, sagte ich.
»Gestern«, sagte sie. »Gestern Abend.«

8

Etwas an mir musste Marga verzückt haben. Sie fläzte sich auf meinen Schoß, schmiegte sich an meinen nicht unwesentlichen Bauch und schreckte auch dann nicht auf, wenn ich schnell einige Notizen auf meinem kleinen Block machte und mich vorbeugte, um ihn wieder auf den Tisch zu legen. Hin und wieder schnurrte die schwarze, schwere Katze mit dem weißen Punkt auf der Stirn, und dann knurrte mein Magen freundlich zurück, oder umgekehrt.

Zu dritt saßen wir an dem Tisch mit der blauen Tischdecke und tranken aus chinesischen Teeschalen, Martin gegenüber von Genoveva Viellieber, ich an der Schmalseite mit Blick auf einen runden, weiß gedeckten Tisch, auf dem mehrere Vasen mit roten, weißen und gelben Rosen standen, daran gelehnt einzelne Kunstdruckkarten, die offensichtlich zu den Schachteln und Gegenständen gehörten, die um die Vasen herum drapiert waren.

Genoveva Viellieber trug zu ihrem blauen Kleid ein rotes, dezent glänzendes Tuch, das sie über die Schultern geworfen hatte. Sie war eine zierliche Person und hatte schmale Hände, ein offenes Gesicht mit weichen Zügen und ungewöhnlich breite, rot geschminkte Lippen. Wenn Martin oder ich etwas sagten, sah sie uns intensiv an, als konzentriere sie sich auf jede Silbe, und bevor sie antwortete, zögerte sie jedes Mal wie jemand, der am liebsten geschwiegen hätte. Und auch beim Sprechen richtete sie ihren Blick immer nur auf einen von uns, nie wechselte er zwischen uns wie etwa der von Mildred Loos. Mir war dieses eigentümliche Verhalten schon an der Tür aufgefallen, auch dass sie zweimal auf eine Äußerung von mir hin nachgefragt hatte, obwohl ich dicht hinter ihr ging und mit normaler Lautstärke sprach. Seit wir am Tisch saßen, schien sie jedoch jedes Wort zu verstehen.

»Erklären Sie uns, was Sie damit meinen, er habe auf Sie einen verwirrten Eindruck gemacht«, sagte Martin, der die grüne Mappe mit der Vermisstenanzeige und seinen großen Block vor sich liegen hatte.

»Er konnte nicht fassen, dass niemand weiß, wo sein Halbbruder steckt«, sagte Genoveva Viellieber und sah Martin in die Augen. »Ich sagte ihm, ich wüsste es auch nicht. Er hat hier gesessen, wie Sie, und ich hab ihm ein Bier gebracht, und er hat es in zwei Schlucken ausgetrunken, er wirkte sehr durcheinander.«

»Wann haben Sie Aladin Toulouse zum letzten Mal gesehen?«, sagte Martin.

Sie gab nicht sofort eine Antwort. »Das weiß ich nicht mehr«, sagte sie dann. »Lange her.«

»Wie lange?«

»Wahrscheinlich ein Jahr.«

»Woher kennen Sie ihn?«

»Er hatte ein Konto bei unserer Bank«, sagte Genoveva Viellieber.

»Jetzt nicht mehr?«

»Doch«, sagte sie. »Aber es ist nicht mehr viel drauf.«

»Edward Loos hatte Ihre Adresse von Erik Hollender, so wie wir«, sagte Martin.
Nach einigem Nachdenken sagte sie: »Das hab ich ihn nicht gefragt.«
»Sie haben ihn nicht gefragt?«
»Nein.« Sie sah ihn weiter an, während sie einen Schluck Tee trank.
»Hat er gesagt, wo er überall nach Aladin gesucht hat?«
»Bei seiner Mutter.« »Er fragte auch in seinem Haus nach, die Leute dort hatten keine Ahnung. Er hat sogar beim Verein angerufen. Aber Aladin hat schon lange jeden Kontakt abgebrochen.«
»Woher wissen Sie das?«
»Bitte?«
Sie schaute jetzt mich an und schien über Martins Frage irritiert zu sein. Sie strich sich über die Hände, wandte sich von mir ab und sah zuerst angestrengt Martins Block mit den Aufzeichnungen an, dann in sein Gesicht.
»Was meinen Sie bitte, was weiß ich?«, sagte sie.
»Woher wissen Sie, dass Aladin keinen Kontakt zu seinem ehemaligen Verein hat?«
»Er hat es mir in der Bank erzählt, schon vor langem.«
»Gut«, sagte Martin. Er schrieb ein paar Sätze auf, legte den Kugelschreiber hin und lehnte sich zurück. Wenn er den Entspannten gab, womöglich seinen Haarkranz ordnete und, so wie jetzt, die Daunenjacke ablegte, was er normalerweise in keiner noch so überheizten Wohnung tat, verwandelte er sich innerlich in einen Terminator der Ungeduld. Ganz gleich, wie raffiniert und hinterhältig die

Lügen waren, die ihm den Weg versperrten, er eliminierte sie, präzise und auf eine bedrohliche Weise wortkarg.
»Wie lange war Edward Loos bei Ihnen?«, sagte er.
»Eine Stunde«, sagte Genoveva Viellieber, starrte ihm ins Gesicht, drehte den Kopf zu mir, starrte mir ebenfalls ins Gesicht und wartete offensichtlich darauf, dass ich einen Laut von mir gab.
Ich schwieg. Die Katze auf meinem Schoß schnurrte.
»Nein«, sagte Martin.
Genoveva Viellieber reagierte nicht. Unverändert sah sie mich an, als wolle sie mich herausfordern, etwas zu sagen, sie wirkte ebenso angespannt wie traurig, und diese Traurigkeit, die wie eine Folie über ihrem hellen, anziehenden Gesicht lag, schien von Minute zu Minute mehr von ihr Besitz zu ergreifen.
»Edward Loos war länger als eine Stunde bei Ihnen«, sagte Martin. Inzwischen hatte er die Beine unter dem Tisch ausgestreckt und sich gerade so weit zurückgelehnt, dass seine Arme noch bis zur Tischkante reichten. Er legte die Hände flach nebeneinander wie ein Schüler, der seine Fingernägel vorzeigen muss. »Sie haben Edward Loos alles erzählt, was sie von Aladin wissen, und Sie wissen sehr viel von ihm. Viel mehr als wir.«
Als bereite es ihr große Mühe, drehte sie sich zu ihm um, zuerst mit dem Kopf, dann mit der Schulter, langsam, wie unter Schmerzen.
»Nein«, sagte sie. »Nein.«
»Sie haben Aladin nicht vor einem Jahr zum letzten Mal gesehen«, sagte Martin mit ausdrucksloser Miene.

»Doch«, sagte sie. »Doch.« Es sah aus, als würde sie sich mit ihrem Blick an Martin festklammern.

»Nein«, sagte er.

Mehrmals strich sie sich mit der rechten Hand über die linke, nickte, falls ich ihre Kopfbewegung richtig deutete, und griff nach der Teetasse, ohne sie hochzuheben.

»Reden Sie mit uns«, sagte Martin. Mit einem Ruck beugte er sich vor, nahm den Kugelschreiber und klopfte damit auf den Block. »Wir sind hier im Dienst, Frau Viellieber, wir haben hier eine Vermisstenanzeige ...« Nur mit dem Zeigefinger schlug er die Akte auf. »Mildred Loos hat ihre Söhne als vermisst gemeldet, einer der beiden ist seit einem Jahr verschwunden, das sagen die Zeugen, die wir bisher vernommen haben. Seit ich hier bei Ihnen sitze, glaub ich aber, Sie wissen genau, wo Aladin steckt, und Sie haben es Edward gesagt, also sagen Sie es gefälligst auch uns. Was wir hier machen, ist eine Vernehmung, Sie müssen hinterher ein Protokoll unterschreiben, Ihre Aussagen sind Teil einer polizeilichen Ermittlung, also reißen Sie sich bitte zusammen. Sollen wir Sie in Ihrer Bank aufsuchen, mit Ihren Kollegen sprechen, mit Ihrem Chef? Das werden wir tun, wenn Ihre Aussagen unglaubwürdig sind. Bestimmt haben Sie einen Grund, sich so zu verhalten, wie Sie es die ganze Zeit tun. Sagen Sie uns den Grund, reden Sie offen mit uns, Sie werden uns sowieso nicht los. Wann haben Sie Aladin zum letzten Mal gesehen? Wo ist er jetzt? Und wohin haben Sie Edward Loos geschickt? Ich mache Ihnen ein Vorschlag, wir legen fünf Minuten Pause ein. Sie denken nochmal nach, ich geh vor die Tür und rauch eine Zigarette, dann setzen wir uns wieder, und Sie sind ehrlich zu uns, und wir sind weg.«

Bevor Genoveva Viellieber ein Wort herausbrachte, stand Martin auf, angelte aus der Tiefe seiner Bomberjacke die grüne Zigarettenpackung und das Feuerzeug, zog die Jacke an und ging aus dem Wohnzimmer.

»Ich hab ein Problem«, sagte die Frau und schaute mich beim Sprechen zum ersten Mal nicht an. Dann zögerte sie. »Entschuldigung, wir müssen warten, bis Ihr Kollege zurückkommt.«

»Was haben Sie für ein Problem, Frau Viellieber?«, sagte ich. Auf die Auszeit von fünf Minuten brauchte ich keine Rücksicht zu nehmen, Martin rechnete damit, dass ich die Befragung fortführen würde, er legte nicht zum ersten Mal eine Rauchpause ein, die als Deckmantel für eine Vernehmungsstrategie herhalten musste.

»Ich höre nicht gut«, sagte die Bankkauffrau, immer noch mit abgewandtem Gesicht. »Ich höre überhaupt nicht gut. Vor acht Jahren hab ich auch noch zwei Hörstürze gehabt, das war wieder mal eine schwierige Zeit in der Bank, damals sind drei Kolleginnen entlassen worden, und die waren fast genauso lang im Beruf wie ich, die Zentrale baute Stellen ab, die dachten sogar daran, die Filiale zu schließen. Ich weiß nicht, ob ich woanders eine Stelle bekommen hätte, vielleicht schon, vielleicht nicht. Ich hab früher schon schlecht gehört, als Kind, ich weiß nicht, wie oft ich beim HNO-Arzt war, meine Ohren waren bestimmt die saubersten von ganz München, so oft wurden sie ausgespült. Dann hat es geheißen, eine Infektionskrankheit sei nicht richtig ausgeheilt, Mumps wahrscheinlich. Ich musste Medikamente nehmen, die haben geholfen. Als ich meine Einstellungsuntersuchung bei der Bank hatte und dem Arzt von meinem Ohrenproblem erzählte, hat er mich an einen Spezialisten überwiesen, meinte aber, ich solle mir keine Sorgen machen. Zum Glück wurde ich eingestellt, bevor die Untersuchungen begannen. Wie sich herausgestellt hat, leide ich unter der Menièreschen Krankheit: Ihnen ist schwindlig, Sie müssen sich übergeben, Sie haben Schweißausbrüche, und Ihr Gehör wird immer schlechter.«

Sie sah mich an, vor allem meinen Mund, und weil sie nicht wegschaute, hatte ich ein merkwürdiges Empfinden.

»Das kommt daher, Sie haben zu viel Flüssigkeit im Ohr, und die kriegen Sie nur raus, wenn Sie in den Knochen im Mittelohr ein Loch bohren, damit das Zeug abfließen kann. Aber eine Garantie ist das nicht. Also hab ich Tabletten genommen, gegen die Beklemmungen, die Panikattacken. Bei manchen Leuten führt die Krankheit zu weniger schlimmen Begleitumständen, bei mir führte sie dazu, dass ich immer weniger höre, auf dem linken Ohr fast nichts mehr. Es gibt Tage, da renne ich zwanzigmal auf die Toilette, klatsche mir kaltes Wasser ins Gesicht, röchele nur noch und würge, und nichts kommt raus. So ein Anfall kann fünf bis zehn Minuten dauern, es ist fürchterlich. Dreißig Jahre passe ich jetzt auf, dass niemand was merkt, vor allem in den letzten zehn Jahren,

und das allein ist manchmal so viel Stress, dass ich schon davon keine Luft kriege. Wenn ich Pech habe, bin ich in ein paar Jahren vollständig taub.«
»Warum haben Sie Ihre Krankheit verheimlicht?«, sagte ich.
»Warum?«, sagte sie und sah mir in die Augen. »Sie haben gut reden, Sie sind Beamter, Ihnen kann niemand kündigen. Ich wär die Erste gewesen, die sie rausgeschmissen hätten, damals vor acht Jahren und jetzt wieder, Sie wissen doch selber, wie viele Menschen in München arbeitslos sind, mehr als jemals zuvor. Was hätt ich denn tun sollen danach? Ich hab Bankkauffrau gelernt, schön, bei der Raiffeisenbank wär ich nicht mehr untergekommen, da hab ich mich schon unauffällig erkundigt, die stellen höchstens junge Leute ein, wenn überhaupt. Ich weiß doch, wie das ist, wenn man auf der Straße steht, hab ich doch mitbekommen, wie man sich da fühlt, alles bricht weg, plötzlich sind Sie eine Randfigur, egal, was Sie vorher geleistet haben, wenn Sie einmal aus dem normalen System raus sind, kommen Sie nur sehr schwer wieder rein, die Zugbrücken gehen schnell hoch, sehr schnell gehen die hoch. Und ich? Krank wie ich eigentlich bin? Ich hab Atteste hier, wenn ich die meinem Chef zeig, krieg ich morgen einen warmen Händedruck, und das wars dann. Das wollte ich nicht. Ich mag meinen Beruf, ich bin gern in der Bank, ich rede gern mit den Leuten.«
Ich sagte: »Verstehen Sie die Leute von Ihrem Platz aus hinter der Glasscheibe?«

Sie nahm die Hand von der Teetasse und strich sich über die andere. Dann hob sie überrascht den Kopf. »Haben Sie was gesagt?«
»Nein«, sagte ich. »Ist es nicht schwierig für Sie, die Leute hinter der Glasscheibe zu verstehen?«
»Ich kann von den Lippen lesen«, sagte sie, und ich neigte mich ein wenig vor, aus Versehen, als könne sie dann besser lesen. »Ich hab mir das selber beigebracht, ich hab mich geniert, zu so einem Verein zu gehen, ich dachte, wenn mich jemand kennt, der weiß, dass ich auf der Bank arbeite. Ich hab im Fernsehen den Ton weggedreht und dann mitgesprochen. Ist das nicht peinlich? Aber es hat funktioniert. Mit meinem Restgehör und meiner Lippenlesekunst werd ich die zwei Jahre noch schaffen bis zur Rente.«
»Und niemand hat jemals etwas bemerkt?«
»Nein.«
»Und Sie haben es niemandem erzählt?«
»Doch«, sagte sie. »Meiner Mutter.«
»Und sonst niemandem?«
Sie stand auf, sah auf mich herunter, warf einen kurzen Blick auf die Katze, die schwerfällig meinen Bauch bewachte, und berührte mich im Weggehen mit einer vollkommen unerwarteten Geste. Mit den Fingerspitzen strich sie über meine Haare, und aus irgendeinem Grund, vielleicht in einer Art Übersprungshandlung, tat ich bei der Katze das Gleiche. Im Gegensatz zu mir schnurrte sie sofort.
Als Martin ins Zimmer zurückkam, berichtete ich ihm von

der Menièreschen Krankheit. Er öffnete den Reißverschluss seiner Jacke, behielt diese aber an. Er setzte sich und sah seine Notizen durch, während er mir zuhörte.

»Haben Sie was dagegen, Bier zu trinken?«, sagte Genoveva Viellieber.

Sie stellte ein Tablett mit drei Flaschen und drei Gläsern auf den Tisch.

»Zum Wohl«, sagte sie, nachdem sie die Getränke verteilt hatte.

»Möge es nützen!«, sagte Martin.

Ich sagte: »Möge es nützen.«

Wir hoben die Gläser und tranken.

»Waren die Hörstürze eine Folge Ihrer Krankheit?«, sagte ich.

Sie hatte Martin zugesehen, wie er Sätze in seinen Aufzeichnungen unterstrich, und fuhr mit dem Kopf herum.

»Entschuldigung?«

Ich wiederholte die Frage.

»Nein«, sagte sie. »Ich weiß es nicht. Meine Mutter war schwer krank, sie war hingefallen, sie hatte sich mehrere Knochen gebrochen, sie lag im Krankenhaus, ich arbeitete viel, um mich herum wurden Leute entlassen, in der Bank, in Betrieben, mit denen ich zu tun hatte, ich dachte, wenn jemand merkt, dass es mir schlecht geht oder meine chronische Krankheit rauskommt, kann ich gleich gehen. Das war eine harte Zeit, und dann hat es mich eben erwischt. Der zweite Hörsturz war weniger schlimm als der erste, aber ich war eine Woche krankgeschrieben, eigentlich zwei.«

»Sie sind vorzeitig wieder in die Bank gegangen«, sagte ich.
»Ja«, sagte sie und trank.
»Wer außer Ihrer Mutter weiß von Ihrer Krankheit?«, sagte ich.
Sie stellte das Glas ab und blickte über den Tisch. Margas leises Schnurren war das einzige Geräusch.
Ich sagte: »Möchten Sie, dass ich mich auf die andere Seite setze?«
Sie sah mich nicht an.
Wir tranken und schwiegen.
»Warum war Edward Loos so verwirrt?«, fragte Martin. Wieder klopfte er mit dem Kugelschreiber auf den Block, hielt inne und streckte den Kopf vor.
»Ich hab Sie schon verstanden«, sagte Genoveva Viellieber. »Ich bin noch nicht ganz taub. Manchmal höre ich mehr, dann denke ich gleich, es wird besser. Eine akustische Täuschung, eine Halluzination der Ohren.« Sie trank ihr Glas aus und schenkte sich aus der Flasche nach. »Getrunken hab ich auch, nachts, wenn ich aus dem Krankenhaus von meiner Mutter kam, da hab ich mich hingesetzt und mit Herrn Augustiner gesprochen.« Sie klopfte mit der Flasche auf den Tisch wie Martin mit dem Kugelschreiber auf den Block. »Das war mir selber unheimlich. Aber es hat geholfen. Hinterher hab ich mich meist erbrochen, und mir war wieder schwindlig. Dann hab ich mir eingeredet, es ist vom Bier.«
»Hatten Sie keinen Freund, keine Freundin, mit der Sie reden konnten?«, sagte Martin.

»Ich bin ledig«, sagte sie. »Freilich hab ich Freundinnen, aber die haben ihre eigenen Sorgen. Außerdem wollt ich allein sein, das Alleinsein bin ich gewohnt, das kann ich.«

»Hatten Sie in dieser Zeit Kontakt mit Aladin?«, sagte ich.

In ihrem Blick, bildete ich mir ein, lag eine erloschene Zukunft, und ihre Worte waren wie Kohlen unter Asche, die manchmal im Atemwind sekundenlang glommen.

»Irgendwie«, sagte sie, »hatten wir immer Kontakt. Beruflich. Menschlich. Irgendwie.«

9

Ihr erster Eindruck war, er habe Drogen genommen, er hatte starre Augen und bewegte sich merkwürdig taumelnd, auch schien er nicht zuzuhören, was Genoveva Vielleber besonders irritierte, da gewöhnlich sie es war, die bei einem Gespräch nachfragen musste, weil sie nicht aufgepasst oder ihr Gegenüber zu leise, zu undeutlich oder mit der Hand vor dem Mund gesprochen hatte. Unaufgefordert ließ Edward Loos sich aufs Sofa fallen, stöhnte laut, stand wieder auf, ging zum Tisch, verharrte mit gesenktem Kopf und setzte sich dann rittlings auf einen Stuhl. Auf dem Tisch lagen Zeitungen von den vergangenen Tagen, die Genoveva gerade durchgeblättert hatte, als es an der Tür klingelte. Jetzt blätterte auch Edward darin herum, schaute auf, stöhnte wieder, schlug mit der Faust auf den Tisch. Genoveva, die diesen Mann noch nie zuvor gesehen und den sie nur hereingelassen hatte, weil er behauptete, er sei Aladins Bruder, sah ihm von der Tür aus zu, beunruhigt, weniger über seine Anwesenheit, sondern weil sie sofort vermutet hatte, er bringe schlechte Nachrichten. Sie starrte ihn an, näher hinzugehen traute sie sich nicht, aber seine Lippen wollte sie auf keinen Fall aus den Augen lassen. Das hektische Rascheln der Zeitungen hatte Marga unter den Schrank getrieben, von wo aus sie den Eindringling beobachtete.

Nach fast fünf Minuten sagte Edward: »Sie sind der einzige Mensch, der mir helfen kann.«

Und Genoveva sagte sofort: »Ich fürchte, nicht.«
»Sie müssen mir helfen«, sagte Edward und sprang auf und Marga zog die Schnauze ein und duckte sich unter den Schrank. »Niemand weiß was, Sie sind meine letzte Rettung, seit zwei Monaten hab ich nichts von meinem Bruder gehört, und sonst haben wir mindestens jeden Monat einmal telefoniert.«
»Manchmal war ich dabei, wenn er telefoniert hat«, sagte Genoveva zu Martin und mir. Sie hatte drei weitere Flaschen Bier aus dem Kühlschrank geholt, und wir tranken sie zügig aus.
»Er hat von hier aus mit seinem Bruder gesprochen«, sagte ich.
»Ja.«
Schließlich hatte sie sich zu Edward an den Tisch gesetzt, das linke Ohr näher bei ihm. Er erzählte ihr, er habe sich mit Aladin verabredet gehabt, doch dieser sei nicht aufgetaucht, habe ihn nicht einmal, wie geplant, am Bahnhof abgeholt. Edward hinterließ eine Nachricht auf dem Handy seines Bruders und hoffte auf eine Nachricht in seiner Pension, deren Adresse er Aladin bereits mitgeteilt hatte. Aladin meldete sich nicht. Dann musste Edward zur ersten Runde des Luftgitarrenwettbewerbs ins »Substanz«. Nachts versuchte er es wieder auf dem Handy, erfolglos. Am nächsten Abend besuchte er seine Mutter, die ihm auch nicht weiterhelfen konnte, wobei er ihr über den engen Kontakt zu seinem Halbbruder nicht das Geringste verriet.
»Sie sind alle beide Heimlichtuer«, sagte Genoveva.

Ich sagte: »Kennen Sie Aladin so gut?«
»Etwas«, sagte sie und trank und verfiel in Gedanken.
Ich griff nach meinem kleinen karierten Block, und Margas Krallen bohrten sich ins Leder meiner Hose. »Obacht!«, sagte ich und erhob mich rücksichtsvoll. Mit einem Satz sprang die Katze auf den Boden und blieb wie festgetackert stehen. Ich musste über sie drübersteigen, bevor ich zum Fenster gehen und mich davorstellen konnte. Genoveva sah zu mir her. Die Katze bewegte sich nicht von der Stelle. Dann hob sie den Kopf in Richtung Tisch und schlich aus dem Zimmer.
»Sie haaren jetzt«, sagte Genoveva Viellieber.
Ich sagte: »Was tu ich?«
»Sie haaren.« Sie zeigte auf meine Hose.
»Macht nichts.«
»Was ist?«
»Aladin Toulouse hat ein Konto auf Ihrer Bank«, sagte ich. »Aber Sie kannten ihn auch privat.«
Sie sah mich eine Weile stumm an, als erwarte sie weitere Fragen, dann richtete sie den Blick auf Martin, der jedes Mal, wenn er das Bierglas hob, mit seiner Daunenjacke raschelte. Er machte einen abwesenden, unaufmerksamen Eindruck, der täuschte.
»Ich weiß nicht, wo Aladin hin ist«, sagte Genoveva Viellieber zu keinem von uns, sie schaute nur die leere Bierflasche an, die vor ihr stand, vielleicht sprach sie zu Herrn Augustiner wie in den Nächten, wenn sie allein war.
»An Silvester war er noch hier. Bis gegen zehn, dann ist er weg. Den ganzen Dezember war er schon unterwegs,

und im November auch schon, immer öfter weg. Immer öfter.«
»Er hat bei Ihnen gewohnt.«
Sie ging nicht darauf ein. »Ich hab ihn nicht gefragt. Er kam im Dunkeln, er ging im Dunkeln. Er hinkt, wussten Sie das? Er ist auf dem Eis gestürzt, er hat sich das kaputte Knie aufgeschlagen, ausgerechnet das kaputte. Und den Ellbogen verstaucht, seine Knochen sind doch sowieso schon alle ruiniert. Das wird wieder, hab ich zu ihm gesagt, das wird wieder, das heilt, das heilt, das heilt.« Hastig drehte sie den Kopf zu mir und schaute sofort wieder weg. »Er hat mir erzählt, wie sie ihn aufgeschnitten und zugenäht haben, und wieder aufgeschnitten, dann war er bei dem berühmten Doktor, zu dem die Fußballer alle gehen, der hat zu ihm gesagt, er müsse sich auf eine andere Zukunft einstellen. Eine andere Zukunft, außerhalb des Fußballplatzes. Er hat in der Nationalmannschaft gespielt, er war ein Talent, ein großes Talent, ich hab die Zeitungen hier, er hat sie mitgebracht.«
Sie verstummte. Sie wollte sich Bier einschenken, aber die Flasche war leer. Martin goss den Rest aus seiner Flasche in ihr Glas.
»Aladin ist bei Ihnen eingezogen«, sagte ich.
Sie drehte den Kopf zu mir. »Wollen Sie sich nicht wieder an den Tisch setzen?«
Ich sagte: »Ich möchte, dass Sie uns alles erzählen, was Sie wissen.«
»Ja.«
Ich setzte mich wieder, und gerade als ich die Hand nach

dem Glas ausstreckte, sprang Marga auf meinen Schoß, und freudig knurrte mein Magen.

»Haben Sie Hunger?«, sagte Genoveva. »Soll ich Ihnen ein Brot machen?«

»Sie können doch gut hören«, sagte ich.

»Manchmal«, sagte sie. »Das ist eine Gemeinheit. Aber ich fall nicht mehr drauf rein. Möchten Sie ein Brot?«

»Nein.«

»Aladin hat bei Ihnen gewohnt«, sagte Martin. »Wie lange? Das ganze letzte Jahr?«

Sie strich mit einer Hand über die andere. »Nicht das ganze Jahr. Eines Tages ist er aufgetaucht, mitten in der Nacht. Im Fasching war das, er hatte einen gelben Hut auf und eine dunkle Sonnenbrille, er hat überhaupt nichts gesehen. Betrunken war er, aber das war ich auch. Es war Rosenmontag, ich wollte weggehen, ich wollte meine Freundinnen in der Kneipe treffen, und dann hatte ich auf einmal keine Lust. Da stand er draußen. Sporttasche in der Hand. Das Erste, was er sagte, war: Kann ich bei dir Asyl kriegen? Er sah wirklich übel aus.«

»Er hat Sie geduzt«, sagte ich.

»Ich hab ihm das erlaubt.«

»Und dann ist er bei Ihnen eingezogen.«

Sie stand auf, nahm die leeren Flaschen und ging in die Küche.

Martin wischte sich den Schweiß von der Stirn, trank sein Glas aus und betrachtete mich aus müden Augen.

»Zugehmann mit Muschi«, sagte er dann.

Marga und ich ignorierten ihn.

»Die sind für Sie, ich habe nur noch zwei«, sagte Genoveva und stellte Martin und mir je eine Flasche hin. Ich schob meine zu ihrem Platz.
»Für mich nicht mehr«, sagte ich und goss Bier in ihr Glas.
»Danke«, sagte sie.
Eine Weile sagte niemand ein Wort.
»Ist Ihnen die Katze nicht lästig?«, fragte Genoveva Viellieber.
»Nein«, sagte ich.
Martin hatte sein Glas schon ausgetrunken, er war wieder auf seinem Weg, den ich nicht mit ihm teilte.
Ich sagte: »Wie haben Sie Aladin Toulouse kennen gelernt, Frau Viellieber?«
Ich sah ihr an, dass sie mich verstanden hatte, obwohl sie ihr Gesicht abgewandt hatte und weitertrank. Inzwischen saß ich an der rechten Schmalseite des Tisches, mit Blick zur Tür.
Im Flur brannte Licht, und auf der Ablage an der Garderobe sah ich eine Tasche liegen, die mir bereits beim Hereinkommen aufgefallen war.
»Plötzlich stand er da, der Star«, sagte Genoveva Viellieber.
Da sie nicht weitersprach, beugte ich mich näher zu ihr. »Wo denn jetzt? Hier?«
»Nein«, sagte sie und schaute mir wieder auf den Mund. »In der Bank. Er hatte sich bewusst die Zweigstelle Lerchenau ausgesucht. Zu der Zeit wohnte er in einem der Hochhäuser im Olympiapark, da, wo jedes Jahr zehn

Leute vom Balkon springen, weil sie die Trostlosigkeit nicht mehr aushalten. Da hatte er ein Appartement.«

»Und wie kam er ausgerechnet auf Ihre Bank?«, sagte Martin lauter, als es nötig gewesen wäre.

»Ich hab Sie schon verstanden«, sagte die Frau, ohne den Blick von mir zu nehmen. »Er wollte eine Bank, die sich weit entfernt von den Banken seiner Mitspieler befand. So war er. Er war ganz anders, er hat sich einen Spaß draus gemacht, ihnen zu erzählen, er lege sein Geld in einer kleinen Filiale in der Lerchenau an, die er tagelang gesucht habe. Das hat er getan. So hat er es mir erzählt, später. Am Anfang habe ich natürlich gedacht, er spinnt ein wenig. Wir kannten ihn aus dem Fernsehen, er spielte schon beim FC Bayern, und die Mädchen liebten ihn und schickten ihm ...«

»Und Sie?«

Sie zuckte so heftig zusammen, dass ihre Katze ebenfalls reagierte und den Kopf hob. Lautlos goss sich Martin Bier ins Glas.

»Sie waren auch in ihn verliebt«, sagte ich. »Sie haben es ihm nicht gezeigt, aber Sie haben ihm geholfen, sein Geld anzulegen, Sie haben ihn betreut, viele Jahre, bis heute, beruflich, und privat auch. Sie haben ihn im Krankenhaus besucht, Sie waren der einzige Mensch, den er an sich heranließ. Und das ganze letzte Jahr hat er bei Ihnen gewohnt.«

»Ach nein«, sagte sie und wandte sich mit einer harten Bewegung ab. »Das spielt doch keine Rolle. Nein. Ach nein.« Und dann strich sie wie schon oft mit einer Hand über die andere, sah Martin an, der mit zusammengekniffenen Augen vornübergebeugt ihr gegenübersaß, und musterte ihn eine Zeit lang.

»Er war verliebt«, sagte sie fast behutsam. »Er war in mich verliebt, das hab ich erst nicht gemerkt, das wär ja auch anmaßend gewesen. Ein dreiundzwanzigjähriger Fußballspieler, der auf eine Zweiundfünfzigjährige steht, das wäre noch schlimmer gewesen, als wenn er sich als Homosexueller geoutet hätte. Als er mich das erste Mal zu Hause besucht hat, hier, hat er mir gestanden, was er für mich empfindet, und ich hab zu ihm gesagt, er spinnt. Er meinte es aber ernst. Ich hab ihn nach Hause geschickt, in sein Olympiadorf, aus dem er nicht weggezogen ist, obwohl seine Mitspieler ihn deswegen ausgelacht haben. Dann hat er sich das Haus gekauft. Natürlich nicht dort, wo die anderen eines hatten, irgendwo im schmucken Grünen, er nicht. Er hat mich so lange belämmert, bis ich ihn zu meinem Kollegen Hollender geschickt habe, und der war stolz, einen berühmten Fußballspieler als Klienten zu kriegen. Allerdings war er ziemlich überrascht, als Aladin ihm sagte, er möchte ein Haus hier in der Gegend, also da, wo kaum jemand freiwillig hinzieht. Innerhalb von einer Woche hat er dann das Haus gekauft.«

»Und Sie haben sich regelmäßig getroffen«, sagte ich.

Sie antwortete nicht sofort. »Er ließ nicht locker. Er hatte damals noch keine Freundin. Mit seinen Kameraden aus der Mannschaft musste er in Discos gehen, was er hasste. Er mochte keine Diskotheken. Eigentlich mochte er nichts, was die anderen mochten. Nichts.«

»Fußball«, sagte ich.
»Bitte?«, sagte sie. Aber sie sah mich nicht an.
»Fußball mochte er, so wie die anderen.«
»Ich weiß nicht«, sagte sie mit gesenktem Kopf. »Nein.« Sie sah mich an. »Heute würde ich sagen, er mochte Fußball nicht. Er spielte, weil er Talent hatte, großes Talent. Und dieses Talent überforderte ihn, es belastete ihn, es zwang ihn, jemand zu sein, der er nicht sein wollte. Aladin war ein labiler Mensch, er war schnell verunsichert und er ahnte, dass er sich in einer verkehrten Welt bewegte. Er ahnte, dass er diesen Stress nicht durchhalten würde. Aber dumm war er nicht, er hat ein paar gute Werbeverträge unterschrieben und Geld damit gemacht.«
»Das Geld hat er bei Ihnen angelegt«, sagte ich.
»Auf meiner Bank.«
»Sie haben ihm spezielle Konditionen angeboten.«
Sie antwortete nicht.
»Das geht uns nichts an«, sagte ich.
»Sie haben ihm auch geholfen, Schwarzgeld anzulegen«, sagte Martin mit einer abweisenden Geste. Wenn ich sah, wie ein Grimm, den er nicht unter Kontrolle hatte, ihn zwang, ständig das leere Bierglas in der Hand zu drehen und sein Gegenüber anzusehen, als wäre die Frau eine Verbrecherin, wusste ich, dass er in Gedanken bei seiner Lilo war, einer sechsundfünfzigjährigen Prostituierten, mit der ihn eine nächtliche Liebe verband. Er brauchte sie und verachtete sie doch, weil es ihm nicht gelang, eine andere Frau kennen zu lernen, eine, die den

Tag bewohnte und mit der er vielleicht in einem Anfall überraschenden Übermuts während der Dienstzeit in ein Hotelzimmer gehen konnte und in deren Nähe er hinterher immer noch geborgen wäre.
Es war höchste Zeit aufzubrechen.
»Darüber spreche ich nicht«, sagte Genoveva Viellieber.
»Sie waren also ein Liebespaar«, sagte Martin mit dem Glas in der Hand.
»Geht Sie das was an?«, sagte die Frau nicht minder hart.
»Vielleicht«, sagte ich. »Aladin war außer Ihrer Mutter der Einzige, der von Ihrer Schwerhörigkeit wusste.«
»Ja«, sagte sie.
»Sie waren Verbündete«, sagte ich.
Was sollte sie darauf erwidern?
»Hatten Sie neulich Geburtstag?«, sagte ich.
Sie schaffte es, mich anzusehen, bevor ihr Blick zu dem weiß gedeckten Tisch mit den Geschenken wanderte.
»Vor einer Woche bin ich sechzig geworden.«
Nach einem Schweigen sagte ich: »Hat Aladin mit Ihnen gefeiert?«
»Nein«, sagte sie mir ins Gesicht.
»Sie haben ihn seit Silvester nicht mehr gesehen«, wiederholte ich.
»Seinem Bruder hat er verschwiegen, dass er bei mir wohnt«, sagte sie. Jetzt, so schien mir, war ihr Gesicht nicht mehr offen und anziehend, der Alkohol und die vielen, gegen ihren Willen glimmenden Worte hatten es verunziert, die Wangen waren bleich, und die Haut war rissig und der Lippenstift verschmiert, und es war ihr

egal. »Sie haben immer nur übers Handy miteinander gesprochen.«
»Geben Sie mir bitte seine Nummer«, sagte ich. »Außerdem brauchen wir einige Adressen.«
»Was für Adressen?«, sagte sie.
Bei der Verabschiedung sah ich mir die Sporttasche auf der Ablage der Garderobe genauer an. Sie trug das rote Emblem des FC Bayern.

»Du musst fahren«, sagte Martin draußen zu mir. Dann zeigte er auf das blaue Straßenschild. »Frau Viellieber in der Maßliebchenstraße.« Er taumelte, gewiss nicht, weil er betrunken war. Vielleicht bereitete ihm der glitschige Matsch Probleme, vielleicht dachte er an zu vieles gleichzeitig, vielleicht taumelte er auch nur, weil er nach dem langen Sitzen Lust dazu hatte.
Frau Viellieber hatte uns nicht mehr als zwei Lokale nennen können, »Bei Niki« und »Bei Gretl«, in denen Aladin angeblich verkehrte. Natürlich hatte sie ihn nie begleitet, und er hatte auch nur von ihnen gesprochen, wenn er stark betrunken war.
In unserem Dienstopel war es kalt, und wir erreichten den Mittleren Ring, als der Wagen sich langsam erwärmte. Vom Autotelefon aus rief Martin in den beiden Kneipen an, aber niemand hatte Aladin in jüngster Zeit gesehen, genauso wenig wie Edward, sofern die Leute, denen Martin die Beschreibung durchgab, noch fähig waren, ihm zu folgen.
Ich sagte: »Versuch die Handynummer.«

»Das hat doch unsere Schwarzgeldverwalterin schon hundertmal getan«, sagte er. »Das Handy ist kaputt.«
Bei den nicht einmal dreitausend Euro, die wir monatlich verdienten, wären wir nie in den Genuss von Schwarzgeld gekommen, wobei solche extra verdienten Summen bei uns vermutlich Blaugeld geheißen hätten, weil wir sie keinesfalls bei einer Bank angelegt, sondern in gastronomischen Betrieben auf zügigstem Weg wieder dem pekuniären Kreislauf zugeführt hätten.
»Wer ist da?«, sagte Martin ins Telefon. »Nein, hier ist Martin, ein Freund von Aladin ... Red lauter. Wie heißt du?«
Er hieß Herbert, und aus Gründen, die wir noch nicht kannten, war er in den Besitz von Aladins Handy gelangt. An diesem Abend, gegen halb elf, stand Herbert am Tresen seiner Stammkneipe in der Schleißheimer Straße, und Martin schrie ihn an, dort zu bleiben.
Gewöhnlich fuhren nicht wir vom Dezernat solche Anlaufstellen an, sondern die uniformierten Kollegen von der zuständigen Inspektion. Nur wenn ich eine Vermissung bearbeitete, redete ich mit jedem Zeugen persönlich, ich brauchte ein Gesicht, eine Stimme, Tics und die Bewegungen des Alltags, um mir ein Bild von der Welt zu machen, in der jemand einen leeren Stuhl zurückgelassen hatte, ganz gleich, wie zeitraubend und anstrengend und banal diese Recherchen oft sein mochten, und ganz gleich, wie sehr ich hinterher haarte.

10

Andächtig und den Restraum ausfüllend, standen wir an der Tür und hörten dem Lied zu, das aus den Lautsprechern über das Stimmengewirr hinweg in ein bestimmtes Zimmer unseres Herzens drang. Dagegen war nichts zu machen. Ich hatte meinen blauen Ausweis schon in der Hand gehabt, eingezwängt zwischen Männern, denen das Bier beidseitig zu den Ohren herauslief, da begann Dylan mit »Knockin' on heaven's door«, und Martin und ich vergaßen unseren Auftrag. Die Trinker glotzten uns an, knapp vier Minuten lang, dann war die Live-Version zu Ende, und Donovan kam an die Reihe, was ich als Beleidigung empfand.

»Bolizei«, sagte einer der Männer, die dicht gedrängt die Theke belagerten. In einem kleinen Nebenraum mit Tischen entdeckte ich drei Frauen, die lachten und rauchten.

»Wer ist Herbert?«, sagte ich.

»Hier«, rief jemand.

Eine Frau in einer abgewetzten Kniebundhose aus Wildleder und einer rot-weiß karierten hochgeschlossenen Bluse zwängte sich zu uns durch.

»Ich bin die Wirtin«, sagte sie. »Gibts Probleme?«

»Nein«, sagte ich. »Kennen Sie einen der beiden Männer?« Ich zeigte ihr die Fotos von Aladin und Edward.

»Freilich«, sagte sie. »Der da, das ist der Aladin, wo ist der? Der war ewig nicht mehr da.«

»Genau, der Aladin, wo ist der?« Das Echo kam aus dem

Mund eines Mannes, dessen Bauch gegen meinen stieß. Ich versuchte auszuweichen und stieß mit einem Gast zusammen, der hinter meinem Rücken am Tresen lehnte.

»He«, machte seine Stimme.

»Der andere«, sagte die Wirtin und hielt das Foto in die Höhe, als wäre dort oben das Licht besser. »Der andre ... Der war da heut. Heut war der da. Gestern auch. Paule! Paule.«

Paule war ein klein gewachsener Mann um die fünfzig mit einem kahlen Schädel und einer weißen Latzhose voller farbiger Schlieren.

»Der war doch heut da, der Typ«, sagte die Wirtin. »Oder? Der war doch heut da?«

Paule warf einen kurzen Blick auf das Bild. »Kann sein. Was ist jetzt, Niki, ich wart auf mein Bier.«

»Entschuldige, Paule«, sagte Niki und gab mir die Fotos zurück. »Ich verratsch mich immer, das ist eine Krux.«

»Nein«, sagte ich.

»Wollen Sie was trinken, die Herren?«

»Unbedingt«, sagte ich.

»Ihr Kollege auch?«

Nie hätte ich es für möglich gehalten, dass ein Wirt bei Martins Anblick auf die Idee kommen könnte, mein Freund wolle nichts trinken.

Zwischen den Türen zu den Toiletten wartete Herbert auf uns, mit einem Weißbier in den Händen. Er war vielleicht Ende vierzig und hatte ein rundes Gesicht und große blaue Augen.

»Sie haben Aladins Handy«, sagte ich.

Er zeigte mit dem Weißbierglas auf mich. »Hast du mir verschwiegen, dass du von der Bolizei bist?«

»Er hat es dir verschwiegen«, sagte ich und zeigte mit meinem Bierglas auf Martin.

»Stimmt«, sagte Martin und zeigte mit seinem Glas auf Herbert.

Ich sagte: »Darf ich das Handy mal sehen?«

»Wieso?«

Um uns herum waren die Gespräche leiser geworden, nebenan hatte Niki ihre Freundinnen auf uns aufmerksam gemacht, nur Donovan sang ungerührt weiter von seinem verdammten Atlantis.

»Wieso?«, sagte ich.

»Ja wieso?«, sagte Herbert. »Das Handy hat der mir geschenkt, den Chip zahl ich selber, frag ihn doch. Jetzt frag ihn doch.«

»Mache ich«, sagte ich. »Wann hat er dir das Handy geschenkt?«

»Zu Weihnachten.«

»Jetzt kommen schon Bolizisten hier rein«, sagte ein Mann im Hintergrund.

»Wann genau?«, sagte ich.

»Geht dich das was an?«, sagte Herbert.

»Ja«, sagte ich.

Er glotzte mich an, trank und wischte sich den Schaum mit dem Ärmel seines Anoraks ab.

»Aladin ist verschwunden«, sagte ich. »Seine Mutter hat ihn als vermisst gemeldet. Du bist ein wichtiger Zeuge, kapierst du das nicht?«

»Echt verschwunden, wieso?«, sagte er.
»Weißt du's?«, sagte Martin und in der nächsten Minute hatte er sein Glas geleert, was unsere Beobachter mit einem anerkennenden Nicken quittierten.
»Der Bolizist hat noch Durst, Niki«, rief einer der Männer.
»Hast du Aladin nach Weihnachten nochmal gesehen?«, sagtc ich.
»Hab ich nicht.«
»Sicher?«
»Glaubst du, ich spinn?«
Auf meinem karierten Spiralblock machte ich mir Notizen, und jeder, dessen Augen noch halbwegs funktionierten, sah mir dabei zu.
»Haben Sie gestern oder heute mit dem Mann auf dem anderen Foto gesprochen?«, fragte ich Niki, die Martin ein frisches Bier in die Hand drückte.
»Ich bin die Niki«, sagte sie. »Das ist der Bruder, oder? Ja, hab ich, ich hab mit dem gesprochen, er hat mich gefragt, wann ich seinen Bruder zum letzten Mal gesehen hab. Ich hab gesagt, ich glaub an Weihnachten, danach nicht mehr, sicher nicht. Oder, Herbert?«
Herbert trank Weißbier.
»Wissen Sie, in welche Kneipen er noch ging?«, sagte ich.
»Bei der Gretl war er oft.«
»Und sonst?«
»Geredet hat der nicht viel«, sagte Niki. »Dem gehts nicht gut, ich glaub, der hat immer Schmerzen, er sagt das nicht, aber ich hab ein Auge für Leute. Das ist doch ein

Wrack, der Aladin, die Ärzte haben den zerlegt und falsch zusammengenagelt, das hab ich immer wieder gesagt, oder, Herbert? Der ist fünf Minuten gesessen, dann hat er aufstehen müssen, weil ihm der Rücken wehgetan hat. Dann ist er eine Stunde gestanden, dann hat er sich hinsetzen müssen, weil seine Beine nicht mehr mitgemacht haben, die Knie, die Gelenke, alles. Eine arme Kreatur ist das, eine ganz arme Kreatur.«

»Das ist jetzt auch eine Übertreibung, was du sagst.«

Ich schaute mich um. Der Senf stammte vom glatzköpfigen Paule. »So schlimm wars nicht«, sagte er und zuckte mit dem Kopf. »Er ist halt lädiert, so was passiert, manche verkraften das nicht, auf dem Fußballplatz, das ist beinhart da.«

»Beinhart ist gut gesagt«, sagte einer der Kommentatoren, der eine grüne Lodenjacke trug.

»Kann ich das Handy jetzt mal sehen«, sagte ich.

»Jetzt gibs ihm halt«, sagte Niki.

Und Herbert gehorchte seiner Wirtin.

Im Handy war keine einzige Nummer gespeichert.

»Hat dich der Edward öfter angerufen?«, sagte ich.

»Wer?«

»Der Bruder von Aladin.«

»Ich hab das Telefon immer ausgeschaltet, ich schalts nur ein, wenn ich selber telefonieren will, ich brauch keine Anrufe, verstehst du?«

»Vorhin war es an«, sagte ich.

»Weil ich eine Sekunde vorher meine Freundin angerufen hab.«

»Wo außer in Kneipen ist Aladin noch hingegangen, Niki?«, sagte ich.
»Ich glaub, er hat Essen geschnorrt«, sagte sie. »Da gibts ja Vereine, die kümmern sich um Obdachlose und so Leute, da war der Aladin auch. Er hats mal erwähnt, aber es war ihm peinlich, das weiß ich noch.«
Ich schrieb meine Nummer auf einen Zettel und bat sie, sofort anzurufen, falls Aladin oder sein Bruder auftauchen sollten.
Vor der Tür zündete sich Martin eine Zigarette an, und ich legte den Kopf in den Nacken, schloss die Augen und verschränkte die Arme vor der Brust. Die Luft war feucht und im Vergleich zu den vergangenen Wochen mild.
»Sieht nicht gut aus«, sagte Martin.
»Nein«, sagte ich mit geschlossenen Augen.
»Merkwürdige Frau«, sagte Martin. »Obwohl er bei ihr gewohnt hat, hat sie ihn nicht als vermisst gemeldet.«
»Er war öfter längere Zeit verschwunden«, sagte ich.
Nachdem er die Zigarette geraucht hatte, sagte Martin: »Ich kann allein weitermachen. Fahr nach Hause zu Sonja.«
Ich schwieg, stieg in den Dienstwagen und stieß die Beifahrertür auf.

Auf der Fahrt in die Karlstraße, in der sich Gretls Bierstube befand, schwiegen wir, aber es war kein gewöhnliches Schweigen aus Erschöpfung oder Lustlosigkeit, es war ein Duell mit ungesagten Worten. Ich wollte ihm sagen, er solle seine Anspielungen unterlassen und seine verdrehte Form von Eifersucht abschalten, und er, da war ich mir sicher, wollte mir vorhalten, ich würde bei einer Fahndung, die unsere ganze Wachsamkeit und Konzentration erforderte, private Interessen verfolgen. Letztendlich wollte er mir vorwerfen, ich sei, anstatt mit ihm zum Essen zu gehen, mit Sonja ins Bett gegangen, was ein deutliches Zeichen dafür wäre, wie gering ich diesen Fall einschätzte, in dessen Zentrum ein Mann stand, der seinen Beruf vernachlässigte, um Luftgitarre zu spielen. Und was Sonja vom Luftgitarrespielen hielt, wusste er, und garantiert hätte ich mich ihrer Einschätzung mittlerweile angeschlossen. Er wollte mir verbieten, ihn heimlich lächerlich zu finden. Und ich wollte ihm sagen, er solle sich gefälligst nicht selbst lächerlich machen.

Am Stiglmaierplatz überholte uns eine Straßenbahn, und ich bildete mir ein, die Fahrerin wäre Ute gewesen, eine ehemalige Freundin, die sich von mir an einer Haltestelle getrennt hatte.

Von der Seidlstraße bog ich links in die Karlstraße ein und parkte den Opel vor der nächsten Kreuzung. Ich zog den Zündschlüssel ab, und wir saßen im Dunkeln. Beide verschränkten wir die Arme und starrten vor uns hin. Martins Daunenjacke raschelte. Die Ampel sprang auf Rot. Ein junges Pärchen überquerte Arm in Arm die Straße. Die Ampel sprang auf Grün. Autos preschten an uns vorbei. Allmählich roch es in unserem Wagen wie in Nikis Kneipe. Martin zog den Kopf zwischen die Schultern. Die Scheiben beschlugen. Die Uhr am Armaturen-

brett zeigte eine halbe Stunde vor Mitternacht. Die Ampel sprang auf Rot. Ich stieg aus.
Wir versuchten, den riesigen Pfützen aus geschmolzenem Schnee und Eis auszuweichen, balancierten über noch immer gefrorene Stellen und klopften »Bei Gretl« vor der Eingangstür Schneereste von den Schuhen.
In der maßlos leeren Kneipe sang Bata Illic, zum Glück nur aus dem Lautsprecher. Wenigstens hatte er Sand in den Schuhen und kein Wasser wie Martin und ich. An den vier Tischen mussten bis vor kurzem Leute gesessen haben, leere und halb leere Gläser standen herum, aus den Aschenbechern quollen die Kippen. Auf einem Tisch lag eine Zeitung vom nächsten Tag – das bedeutete, es gab eine Zukunft in all der Verlassenheit.
Wir stellten uns an die Theke, an deren Rand ein fast volles Bierglas stand. Im Regal dahinter reihte sich eine Kassette an die nächste, weit und breit keine CDs. Neben der Spüle ein Bataillon ungespülter Gläser.
Nach einer Minute kam ein grauhaariger dürrer Mann in Röhrenjeans und einem schwarzen Sweatshirt mit dem Aufdruck »Motörhead« aus einem Nebenraum, wahrscheinlich aus der überflüssigen Küche.
»Woisser?«, fragte er uns. Er zündete sich eine Ernte an, warf das Feuerzeug unter den Tresen, vielleicht, weil es ein Wegwerffeuerzeug war, und glotzte uns an.
»Iswas?«, sagte er am Ende seiner Begutachtung.
Ich zeigte ihm meinen blauen Dienstausweis.
»Bullenund?«
Möglicherweise musste er alle Worte zusammenziehen,

damit er schneller sprechen konnte, um bei seinen Gästen auch einmal zu Wort zu kommen.
Ich hielt ihm die beiden Fotos hin. »Kennen Sie diese Männer?«
Er schaute hin, nickte, sah zu den Toilettentüren und nickte wie ein Wackeldackel bei hundertachtzig auf der Autobahn. Es machte mich schwindlig, ihn anzusehen.
»Ein Bier bitte«, sagte Martin.
Ich sagte: »Haben Sie einen Kaffee?«
Er sagte: »Kaffeeumdieuhrzeitwirklichnicht.«
Aus dem Kühlfach holte er eine Flasche Bier und schenkte ein. Viele Wirte kleinerer Lokale waren in jüngster Zeit dazu übergegangen, das Zapfen einzustellen und stattdessen Flaschenbier zu verkaufen, auf diese Weise sparten sie die hohen Kosten für die Containerkühlung.
»Zumwohlwasismitdenzwei?«
»Wie heißen Sie?«, sagte ich.
»Obiwiederbaumarkt.«
»Obiwiederbaumarkt«, sagte ich.
»Obi«, sagte er.
»Ist das eine Abkürzung?«
»Ichheißottoaberdassagtkeinerobireichtdochoder?«
»Ja«, sagte ich. »Wann haben Sie die beiden Männer zuletzt gesehen?«
Das Krachen einer Tür gegen die Wand unterbrach den Gesang von Roger Whitacker. Mit dem Rücken zum Lokal taumelte ein Mann aus der Toilette. Er ruderte mit den Armen, warf den Kopf in den Nacken, fuchtelte mit den Händen und riss mehrmals hintereinander das rechte Bein

angewinkelt in die Höhe. Es dauerte eine Weile, bis ich begriff, was er da machte. Auch Martin, mit dem ich noch kein Wort gewechselt hatte, seit wir bei Gretls Obi waren, trat vom Tresen zurück und beobachtete den Mann. Gleichzeitig gingen wir auf ihn zu. In diesem Moment schnellte er herum, hob den rechten Arm und ließ ihn durch die Luft sausen.

The Vagabond spielte Luftgitarre.

Als er uns bemerkte, hielt er abrupt inne, seine Arme fielen schlaff herunter, und er tastete nach dem fast vollen Bierglas auf dem Tresen. Er trank und schaute uns dabei an, holte mit aufgerissenem Mund Luft, stellte das Glas ab, schwankte und brachte nur mühsam die Augen auf.

»Mr Jeepster«, sagte er heiser und wiederholte den Namen mit erschöpfter Stimme.

Martin umarmte ihn ungelenk, und Edward Loos schlenkerte mit den Armen wie eine Puppe.

»Wasisjetztdahabtihrihnja«, sagte Obi.

Edwards Gesicht sah aufgedunsen und schmutzig aus, seine Haare hingen ihm vom Kopf wie Fransen, seine dunklen Jeans waren voller Wasserränder, das hellblaue Hemd strotzte vor Flecken, seine ganze Erscheinung war die eines Mannes, der seit Tagen nicht geschlafen und die Nächte im Freien verbracht hatte, dessen Blicke ständig auf der Suche waren und nie ihr Ziel fanden.

Jetzt fiel mir auf, dass Obi wieder oder immer noch nickte.

»Alles klar bei Ihnen?«, sagte ich.

Er steckte sich eine Ernte an und hörte auf zu nicken.

»Der andere Mann auf dem Foto«, sagte ich. »Wann haben Sie den zum letzten Mal gesehen?«

»Wasweißichletztesjahrhabichdemauchschontausendmalerklärt.«

Ich sagte: »Ist Gretl zu sprechen?«

»Dieiskrankschonseitsechswochen.«

Edward Loos hatte den Arm um Martin gelegt, sie standen nebeneinander am Tresen, dem Lokal zugewandt, als warteten sie auf ein Ereignis, einen Auftritt. Martin war einen Kopf kleiner als Edward und wirkte gegen ihn wie ein Hänfling. Edward hatte Mühe aufrecht zu stehen, immer wieder kippte er nach links und musste sich bei Martin aufstützen, der einen Schritt zur Seite machte, um das Gewicht des anderen abzufangen.

»Jedenabendkommtderjetzt«, sagte Obi.

»Tut mir leid ...«, begann Edward, und sein Arm hing von Martins Schulter. »Ich hab dich ... Ich hab ... Hab Aladin suchen müssen. Hab ihn nicht gefunden.« Er schnappte nach Luft, griff, während er sich weiter an Martin festhielt, mit der anderen Hand nach seinem Glas, trank und brachte den Mund nicht rechtzeitig zu. Bier lief über sein Kinn und tropfte auf sein Hemd. »Wo kommst du überhaupt her, Jeepster?«

»Wir haben dich gesucht«, sagte Martin. »Das ist mein Kollege Tabor Süden, du kennst ihn, er war bei uns im Konzert.«

Er sagte tatsächlich Konzert, und ich fand es nicht lächerlich, nicht im Geringsten.

Edward reckte den Hals, sah zu mir her, hob sein Glas,

verlor das Gleichgewicht und kippte um. Mit einem dumpfen Geräusch schlug er auf dem Boden auf, den Arm von sich gestreckt, sodass zwar Bier aus dem Glas schwappte, das Glas aber unbeschädigt blieb.

»Soeinscheißjetzt.« Obi zerquetschte die halb gerauchte Zigarette im Aschenbecher und verschwand im Kabuff.

»Achtung«, sagte Martin, packte Edward unter den Achseln, und ich half ihm, ihn auf einen Stuhl zu setzen.

»Sorry«, sagte Edward. Er betrachtete das Glas in seiner Hand. »Absolut. Absolut.« Er stellte es vor sich auf den Tisch und zeigte mit dem Finger darauf. »Absolut.«

Mit einem Putzlappen aus dem vorigen Jahrhundert wischte Obi die Bierlache auf, stellte den Wischer in einen Eimer und diesen vor die Wand. Vermutlich sollte die Putzfrau ihn am nächsten Morgen ausleeren.

»Hast du eine Ahnung, wo dein Bruder sein könnte?«, sagte Martin und setzte sich an den Tisch. Ich blieb stehen. Und als herrschte an diesem Ort nicht schon genug Elend, fing auch noch Bernd Clüver zu singen an. Nach ein paar Takten warfen sich Martin und Edward einen Blick zu und im nächsten Moment zeigten sie dem Jungen mit seiner piepsigen Mundharmonika, was ein echter Riff war.

»Spinnendiewasmachendieda?«, rief Obi dazwischen.

Ich sagte: »Sie spielen Luftgitarre.«

»Sinddiebeidermeisterschaftdadabeioderwas?«

»Ja«, sagte ich.

»Deinkollegeistdochbolizistodernicht?«

»Ja«, sagte ich.

»Unddderspieltluftgitarre?«

»Ja«, sagte ich.

»Hatderdannaucheineluftpistole?« Ein Grinsen spielte ein Solo mit Obis Lippen, sonst rührte sich kein Muskel.

»Kommst mit, meinen Bruder suchen?«, sagte Edward.

»Deswegen sind wir hier«, sagte Martin.

»Aber ... ich hab schon ... ich hab schon alles abgesucht.«

»Wir finden ihn«, sagte Martin.

Edward legte den Arm um ihn. »Wir müssen den finden ... weil ... weil wir gehen weg, er und ich, wir bringen jetzt ... wir klären jetzt alles ... alles ... das Leben, seins und meins und ... Uns hält hier ... hält hier nichts ...«

»Wo wollt ihr hingehen?«, fragte Martin.

»Erst nach Amerika ... und dann ... und dann nach Frankreich ... wahrscheinlich ...«

»Warum in diese Länder?«, fragte ich.

»Da leben unsere Väter«, sagte Edward, und sein Kopf sackte nach unten, und er hob ihn sofort wieder. »Meiner ... drüben ... und seiner ... da drüben ... Deswegen ... Der kann gar nicht weg sein, weil ... wir gehen gemeinsam, das war ausgemacht, wo ist der denn?«

»Gibts noch was zu trinken?«, fragte ich Obi.

Er nickte bloß.

11

Zwei Stunden lang hatten wir Edward Loos zugehört, bevor der Wackeldackel androhte, uns alle drei zu erschießen, wenn wir nicht sofort sein Lokal verlassen würden. »Wegeneuchkriegichjetztmegazoffmitmeineralten«, brüllte Obiwiederbaumarkt uns hinterher, quer über die Straße. Ich schnallte Edward auf dem Beifahrersitz an, und Martin setzte sich nach hinten.

»So ist das bei uns«, sagte Edward beim Losfahren. Obwohl er weitergetrunken hatte, wirkte er klarer als zu Beginn unserer Begegnung in der Kneipe, vielleicht hatte das Sprechen den Nebel in ihm vertrieben. Er erklärte uns, wohin wir fahren mussten, auch wenn er nicht daran glaubte, dass wir mehr Erfolg haben würden als er.

An den Orten, die wir aufsuchten, war er bereits die Nacht zuvor gewesen, er hatte Leute aus dem Schlaf geklingelt, von denen er hoffte, sie hätten Aladin in den vergangenen sechs Wochen gesehen, er blieb bis zur Sperrstunde in Lokalen, die irgendjemand erwähnt hatte und in denen sein Halbbruder angeblich verkehrte. Donnerstag Nacht, als Martin in der Nähe der Pension »Stefanie« auf ihn gewartet hatte, traf er sich mit dem Manager des FC Bayern, den er zuvor am Telefon beinahe angefleht hatte, sich eine halbe Stunde Zeit zu nehmen. Nach dem Gespräch, bei dem der Mann ihm versicherte, er habe seit zwei Jahren kein Wort mit Aladin gewechselt, obwohl sie vereinbart hatten, er könne sich jederzeit melden und sei als Zuschauer bei jedem Training willkommen, ebenso bei den vereinsinternen Weihnachtsfeiern, besuchte Edward zwei Clubs, in denen Spieler des FC Bayern Stammgäste waren. Er traf nur zwei der Jüngeren, die Aladin lediglich von Fotos kannten. Am Morgen danach rief er den Arzt an, mit dem auch Martin gesprochen hatte, und erfuhr nicht mehr, als er bereits wusste. In seiner Not fuhr er ein zweites Mal in die Lerchenau und stellte Genoveva Viellieber in ihrer Bankfiliale zur Rede, weil er überzeugt war, sie habe ihm etwas verschwiegen. Und stündlich rief er Aladins Handynummer an, doch jedes Mal meldete sich die automatische Stimme der Mailbox, wie schon seit ungefähr zwei Monaten. Da er wusste, er würde Mitte Februar nach München kommen und seinen Halbbruder treffen, um gemeinsam mit ihm seinen Plan in die Tat umzusetzen, und da er sein Erfurter Projekt nicht verlassen konnte, hatte er seine Sorgen verdrängt und sich eingeredet, Aladin sei einfach wieder »strawanzen« wie schon oft. Schon zuvor, wenn sie miteinander telefoniert hatten, weigerte sich Aladin hartnäckig zu sagen, wo er sich gerade herumtrieb.

»Er fand das gut, wenn man nicht wusste, wo er steckt«, sagte Edward. »Am liebsten wär er unsichtbar gewesen, zumindest manchmal, und je älter er wurde, desto öfter.«

Für uns war Aladin Toulouse ein Unsichtbarer. In der Nacht zum Samstag, dem vierzehnten Februar, klapperten wir alle Örtlichkeiten ab, die Edward uns nannte und an denen er selbst zwölf Stunden zuvor gewesen war: an der Rosenheimer Straße, an der Prinzregentenstraße, an der Maximilianstraße, im Glockenbachviertel, im Lehel, in Schwabing, in Harlaching. Wir durchquerten die Stadt von Norden über den Osten nach Süden, nur der westliche Teil blieb uns erspart. Es war eine Reise durch ein verlassenenes Universum, weder Martin noch ich rechneten damit, Aladin zu begegnen, diese Art Zufälle gab es in unserem Beruf nicht. Nach allem, was Edward Loos uns erzählt hatte, glaubten wir nicht an einen glücklichen Ausgang der Suche. Worin denn hätte dieser Glaube bestehen sollen? An der Beschwörung der Ausnahme? Ich war seit fünfundzwanzig Jahren bei der Polizei, davon die letzten zwölf in der Vermisstenstelle und davor vier in der Mordkommission und in anderen Abteilungen wie der Todes- und der Brandfahndung. Hätte ich keine Bürophobie gehabt, die noch dazu von Jahr zu Jahr schlimmer wurde, sondern meine Arbeit wie die meisten meiner Kollegen erledigt, wäre ich nie auf die wahnwitzige Idee einer nächtlichen Fahndung im Auto verfallen. Ich hätte abgewartet, auf rasche Ergebnisse aus dem INPOL-System gehofft, auf Übereinstimmungen mit der VERMI/UTOT-Datei des BKA, auf die Arbeit des Landeskriminalamtes vertraut, ordnungsgemäß die KP-16-Meldungen mit markanten Informationen über den Verschwundenen ausgefüllt, notfalls ärztliche oder zahnärztliche Befunde besorgt und daktyloskopische Spuren gesichert, und falls entsprechende Hinweise vorgelegen hätten, hätte ich die zentrale Suchstelle des BKA, »Sirene«, eingeschaltet, von der aus die Fahndung gemäß dem Schengener Informationssystem ins Ausland ausgeweitet wurde. Ich wusste, dass bestimmte Länder dieselbe Arbeit unterschiedlich einstuften, so galt in Italien eine Person bereits dann als vermisst, wenn diese sich aus ihrer Wohnung entfernte und nicht innerhalb der nächsten vierundzwanzig Stunden zurückkehrte, während in Griechenland eine Vermissung im Aufgabengesetz überhaupt nicht definiert wurde und sich die dortigen Kollegen bei der Fahndung nach einer Empfehlung des Europäischen Ministerrates richteten, wobei hinzukam, dass in Griechenland die Volljährigkeit mit siebzehn Jahren begann.

Jede Vermissung bestand anfangs aus reiner Routine, und in den meisten Fällen endete sie in Routine. Ich schickte einen Vermisstenwiderruf ans LKA, in den ich den Zeitpunkt und Ort der Erledigung sowie deren Umstände eintrug: Die Rückkehr des Gesuchten, die Ermittlung seines Aufenthaltsortes und möglicherweise der damit verbundene Wegfall des Vermisstengrundes, oder eine Totauffindung mit Angaben darüber, ob es sich um einen Unfall, einen Suizid, einen natürlichen Tod oder ein Verbrechen handelte. Sogar bei einem Super-GAU, wie Dezernatsleiter Karl Funkel das Verschwinden eines Kindes nannte, nahmen wir die Ermittlungen nach einem immer gleichen Muster auf: Wir stellten das Elternhaus auf den Kopf, durchsuchten Keller- und Speicherräume, Gartenhäuschen und andere zum familiären Umfeld gehörende Orte, die sich als Versteck eignen könnten, wir überprüften die Plätze, an denen sich das Kind am lieb-

sten aufhielt, und beschäftigten uns mit den Beziehungen zu anderen Kindern und Erwachsenen aus dem engeren und weiteren Bekanntenkreis, setzten Hubschrauber und Hundestaffeln ein, überwachten Spiel- und Fußballplätze, U- und S-Bahnen, Parks und Friedhöfe. Unser Programm war ausgetüftelt und kriminaltechnisch auf dem neuesten Stand, und auch wenn viele Dienststellen und Dezernate einen Mangel an Personal beklagten, funktionierte die Zusammenarbeit im entscheidenden Moment fast immer problemlos. Ich war Teil eines bürokratischen Präzisionsapparates, ich hatte meine Aufgabe wie jeder andere, ich hatte begriffen, dass Kriminalistik die Summe aus Logik und Fachwissen darstellte und meine Arbeit letztlich darauf basierte, dem gesunden Menschenverstand zu vertrauen. Entscheidende Erfolge bei einer Suche oder einer Vernehmung resultierten selten – vielleicht nie – nur aus dem gezielten Einsatz technischer Hilfsmittel oder der Umsetzung neu entwickelter Gesprächstaktiken. Sie kamen zustande, weil es uns gelang, das Zuhören auf die Spitze und den Verdächtigten oder Zeugen mit nichts als undurchdringlichem Schweigen in die Enge zu treiben. Natürlich halfen mir gelegentlich gewisse Tauchsiederqualitäten, mit denen ich es schaffte, Leute derart aufzuheizen, dass sie explodierten und aus lauter Wut die Wahrheit preisgaben. Aber ich zog die stille Variante vor, sie entsprach meinem Wesen am meisten.
Und vermutlich geriet ich deshalb mein gesamtes Berufsleben lang in Situationen wie der »Bei Gretl«, wo ich

mir zwei Stunden lang die Geschichte eines schwer angetrunkenen Mannes anhörte, die scheinbar nichts zur Aufklärung unseres Falles beitrug. Aber das kümmerte mich nicht. So wie ich wusste, welche Formulare ich auszufüllen und welche Fernschreiben ich zu verschicken hatte, so wusste ich, dass das Ziel einer Suche nicht ausschließlich die Auffindung der vermissten Person war. Für mich, das hatte ich im Laufe meiner Jahre im Dezernat 11 erkannt, bestand die Suche aus einer Fülle von Abschweifungen, denen ich, wenn ich mich traute, nur zu folgen brauchte, da sie meiner Überzeugung nach nicht das Geringste mit Zufall zu tun hatten.
Diese Einschätzung, mit der ich jede Vermissung betrachtete, unabhängig davon, ob es sich um einen Erwachsenen oder ein Kind handelte, war der Grund, warum mein Vorgesetzter Volker Thon sogar vor versammelter Mannschaft wiederholt an meinem gesunden Menschenverstand zweifelte.

»Hauen wir ab«, hatte Martin gesagt, aber ich war noch nicht mit dem Zuhören fertig gewesen. Ich hatte mich zu ihm und Edward Loos an den Tisch gesetzt, vor dem der Architekt vorhin umgefallen war, und in meinem Rücken das Klirren der Gläser gehört, die Obi mit grimmiger Miene begonnen hatte abzuspülen.
»Das ist«, sagte Edward, holte tief Luft und klammerte sich mit einer Hand an der Tischkante fest, als fürchte er, vom Stuhl zu kippen. »Das ist ... weil ... weil ... Unserer

Familie ist die ... die Wirklichkeit abhandengekommen. Die ist weg. Unsere Mutter, du kennst die nicht ...«

»Doch«, sagte ich.

»Die kennst du nicht.«

»Doch«, sagte ich.

»Die kennst du nicht.«

»Doch.«

»Die war Schauspielerin«, sagte Edward Loos. »Fast ... fast Schauspielerin, sie war eine Fastschauspielerin. Sie hat gespielt. Und synchronisiert. Andre nachgesprochen. Filmisch. Unsere Mutter ... Ich weiß das, ich war da schon auf der Welt, und mein Vater, wir waren alle auf der Welt, aber nicht in der Wirklichkeit, nur fast. In einer Fastwirklichkeit haben wir gewohnt, unsere Mutter, mein Vater und ich auch. Meinen Vater, den kennst du nicht.«

»Er hat für dich ein Lied geschrieben«, sagte ich.

»Das weiß ich doch«, rief Edward.

»Reißdichzusammenverstanden?«, blaffte Obi.

»Ein Lied geschrieben! Einen Song. Der war echt, der war wirklich, den kannst du hören. Den Song, der geht so ...« Er fuchtelte mit den Händen, brach das unsichtbare Spiel gleich wieder ab. »Groove. So hieß der. Marvin Groove. Wie der Groove.«

»Groome«, sagte ich. »Dein Vater heißt Groome.«

»Echt?« Edward griff nach dem Glas, verfehlte es und wunderte sich kurzfristig. »Bring mir noch eins!«, rief er in Richtung Tresen.

Ich sagte: »Wieso war deine Familie nicht wirklich?«

»Wieso?«, rief er. »Das siehst du doch. Unsere Mutter ist heut Souffleuse. Ist das eine wirkliche Arbeit? Ich meine, die Arbeit einer Schauspielerin? Da unten im Dunkeln? Eine Schauspielerin, die niemand sieht. In ihrem Kasten nicht und ... und in ihrem Synchronstudio siehst du sie auch nicht. Niemand sieht sie. Sie ist aber Schauspielerin. Das ist doch irreal.«

»Schreihiernichtsorum!«, sagte Obi, stellte das frische Bier auf den Deckel und wollte das andere Glas mitnehmen.

»Moment«, rief Edward und hielt es fest. »Da ist noch was drin.«

»Dannsaufsausundschickdich.«

»Was?« Edward trank aus, und Obi ging mit dem Glas zum Tresen zurück, wo er sich erst einmal eine Zigarette anzündete und das Feuerzeug von sich warf, als wäre es aus Feuer.

Eine Weile betrachtete Edward das volle Glas, in dem der Schaum in sich zusammenfiel. »Gloome. Recht hast du. Gloome. Wo ist der? Unwirklich. Weg. Ontariosee. Ich weiß Bescheid. Prost.« Er trank, holte wieder tief Luft und hatte Mühe, die Lider zu heben. »Dann ist Aladin gekommen, der Fußballgott. Er wollt kein Gott sein, er wollt halt Fußball spielen. Kicken wollt der. Vielleicht Libero, wie der Beckenbauer früher, Flanken geben, das Spiel lenken, die Abwehr organisieren, den Sturm nach vorn treiben. Er wollt spielen wie ein Kind, er hatte Spaß dran, das wars. Spaß, das wars. Dann sollt er ein Gott werden, du wirst ein Gott, hat der Trainer zu ihm gesagt, in der F-Jugend, wenn du so weitertrainierst, wirst du

ein Gott, hat der Trainer gesagt. Aladin hats mir erzählt, erst mir, dann unserer Mutter. Gott werden, willst du Gott werden, sag ehrlich? Oder du?«
»Ich nicht«, sagte Martin.
»Und du?«, fragte Edward mich.
»Nein«, sagte ich.
»Er auch nicht«, sagte Edward. »Aber er hat weitertrainiert ...« Er verstummte, schnaufte, klopfte sich auf die Schenkel. »Dann war der Spaß aus. Hat er nicht gemerkt. Später erst. Beim FC Bayern, da haben sie ihn hofiert, und dann war er plötzlich in der ersten Mannschaft, und sein Foto war in den Zeitungen, und die Mädchen haben ihm Briefe geschrieben. Das ist eine Wirklichkeit, die ist nicht wirklich. Und Aladin hat sich nicht drum gekümmert, dem war das egal. Hat er gedacht. Gedacht hat er das. Dass der Spaß weitergeht, dass er ein Kind bleibt, der Depp. Spielt in der ersten Mannschaft bei Bayern und will seine Ruhe und sein Kindsein wiederhaben. Ich war da längst in Frankfurt und ich wollt nichts wissen von hier, von München, von unserer Mutter, ich hab endlich eine Existenz gehabt, selber aufgebaut, studiert, gejobbt, ich hab echte Häuser entworfen, die kannst du dir anschauen, die gibts, das sieht nach was aus, was ich zeichne. Wir haben telefoniert ...«
»Ihr beide hattet die ganze Zeit Kontakt miteinander«, sagte ich.
Er sah mich an, hielt sich das linke Auge zu, dann das rechte, blickte zur Tür und wieder zu mir. »Die haben ihm auf die Knochen gehauen, weil sie gespürt haben,

der ist übermütig. Und warum? Warum war der übermütig? Weil er ein Kind sein wollt. Weil er das nicht abstellen konnt auf dem Rasen. Der wollt seinen Spaß haben, aber es ist ein Millionenernst, der da stattfindet, das ist keine Pfenniggaudi, das ist ein Millionenspaß, und die haben ihn kaputt getreten. Die haben aus ihrer Wirklichkeit in seine Nichtwirklichkeit reingetreten mit ihren Stollen, und irgendwann haben seine Knochen nicht mehr mitgemacht, und sein ganzes Abwehrsystem, das körperliche Abwehrsystem hat rebelliert. Zu Recht. Er hätt aufhören sollen, gleich am Anfang, er hätt sagen sollen, ich will nur spielen, aber bei euch kann ich nicht spielen, weil bei euch muss ich ein Topmanager sein, und meine Firma sind meine Knochen, die verdienen mein Gehalt, die bringen mir mein Kapital, und da gehts nicht um Spaß und den Ball mal in die eine, mal in die andere Richtung bolzen, da wird verhandelt, jeden Tag, auf dem Rasen, das sind keine Spiele, was du da am Samstag und am Mittwoch und am Sonntag siehst, das sind Verhandlungen, da verhandeln Knochenmanager beinhart gegeneinander, und du machst entweder mit oder du steigst aus dem Geschäft aus. Verstehst du das?«

»Ja«, sagte ich.

»Vergiss es.« Er trank, stöhnte, trank und hielt sich wieder mit einer Hand am Tisch fest.

»Und Aladins Vater ist dann auch verschwunden«, sagte ich.

»Was red ich denn die ganze Zeit?«, sagte Edward laut. »Bei uns verschwindet jeder. Wie hieß der?«

»Toulouse«, sagte ich.
»Das weiß ich.«, brüllte Edward. Dann warf er Obi einen Blick zu und ballte die Faust. »Den Vornamen will ich wissen.«
Ich sah in meinen Aufzeichnungen nach. »Victor«, sagte ich.
»Victor. Weg. Fußballkarriere verpasst. Keine Väter und eine Mutter, die entweder ihre Stimme verkauft oder bloß ihr Flüstern. Und wir? Aladin ist ein Krüppel, und ich bin so gut wie arbeitslos. Obwohl wir beide was können, wir können was, ich kann was, er kann was. Hat nichts gefruchtet. Deswegen gehen wir jetzt weg von hier, Amerika, Frankreich und dann ... Und dann ...«
»Ich habe mit deinem Kollegen Bachmann telefoniert«, sagte ich.
»Hat er dir erzählt, dass er mich rausschmeißen will?«, sagte Edward und tippte mit dem Zeigefinger ans Bierglas.
»Nicht direkt«, sagte ich.
»Hast du mit Alina auch geredet?«, fragte er.
»Ja.«
»Von ihr weiß ich alles. Lauter Lügner. Sie sind dick im Geschäft, sie wollen mich raushaben, zu zweit fühlen sie sich wohler, ich bin der Geduldete. Die wissen nicht, dass ich das weiß. Ich bin sowieso weg. Ich hab genug Geld, das haben die noch nicht mitgekriegt, ich hab was abgezweigt. Steht mir zu. Die denken, ich bin nur wegen dem Wettbewerb hier, gut so. Bis die was merken, bin ich weit weg, und dann können sie mir auch nichts an-

haben. Das Geld gehört uns allen, ich habs mir am Montag in Österreich von der Bank geholt. Wir haben alles geplant, Aladin und ich. Ich gewinn den Wettbewerb, und dann los. Ich gewinn den Wettbewerb und nicht du.« Er schlug Martin gegen die Schulter, und dieser hob sein Glas.

»Möge es nützen!«, sagte Martin und stieß mit Edward an.

»Ich gewinn und du nicht!«

»Hat Aladin mal jemanden erwähnt, der ihn regelmäßig mit Essen versorgt?«, sagte ich.

»Genoveva«, sagte er.

»Nein, jemand anderen.«

Edward trank sein Glas aus, drehte es in den Händen, stellte es auf den Tisch. Starrte vor sich hin. Dann stand er auf, stützte sich mit beiden Händen ab und senkte den Kopf. Er wankte und brachte keinen Schritt zustande. Mit einer fast schüchternen Bewegung legte Martin seine Hand auf Edwards Rücken.

»Glaubt ihr, es ist ihm was passiert?«, sagte Edward mit müder Stimme. »Ist er tot?«

Wenn ich jemals vor etwas davongelaufen wäre, dann vor dieser Frage, die mir in hunderten von ähnlichen Situationen gestellt worden war und auf die ich hunderte Male mit einer Lüge geantwortet hatte, weil ich mich weigerte, das Leben für wunderlos zu halten.

»Ich weiß es nicht«, sagte ich.

12

Gegen fünf Uhr morgens parkte ich den anthrazitfarbenen Opel im Hof des Dezernats, und wir machten uns auf den Weg zum Hauptbahnhof, um zu frühstücken. Keiner von uns hatte Hunger, wir hatten nur, jeder für sich und ohne dass wir darüber gesprochen hätten, das Bedürfnis, ein paar Minuten unter Leuten zu sein, die es wirklich gab, in einer Halle, in der Lichter brannten und es nach frischem Brot und Kaffee roch, unter einem Stimmenhimmel aus Stahl, in einer großen Anwesenheit. So standen wir an einem der runden Stehtische nahe der Glaswand, die den gastronomischen Bereich von der Bahnhofshalle trennte, tranken heißen schwarzen Kaffee, aßen Croissants und schwiegen.

Immerhin hatten wir einen Teil des Falls geklärt, für Edward Loos würden wir einen Vermisstenwiderruf ans LKA schicken, Martins Intuition hatte sich als richtig erwiesen, auf eine Weise jedoch, die er nicht ahnen konnte. Was für Ermittlungen in einem Mordfall galt, traf auch auf unsere Arbeit zu, drei Aspekte bildeten den Mittelpunkt aller unserer Überlegungen: das Augenfällige, das Naheliegende, das Wahrscheinliche. Im Fall Aladin Toulouse war der Abbruch des Kontakts zu seinem Halbbruder besonders augenfällig, dafür gab es keine Erklärung, ebenso wenig für die Tatsache, dass Aladin Edward seinen ständigen Aufenthalt bei Genoveva Viellieber verschwiegen, andererseits aber von seiner engen Freundschaft zu ihr erzählt hatte. Augenfällig

waren weiter das plötzliche Verschwinden in der Silvesternacht und das totale Abtauchen danach. Vom ersten Januar dieses Jahres an verlor sich die Spur von Aladin Toulouse, bei niemandem hatte er sich mehr gemeldet, nicht einmal bei seinem Halbbruder, mit dem er den Plan gefasst hatte, das Land zu verlassen. Davon wiederum hatte er gegenüber seiner Vertrauten und Geliebten Genoveva kein Wort erwähnt.
Weitgehend rätselhaft erschien mir nach wie vor sein Auszug aus dem Haus in der Irisstraße. Seine Mitbewohner Rick und Bille hatten offensichtlich keine Ahnung, und Genoveva Viellieber wusste auch nicht mehr, als dass er an jenem Abend im Fasching plötzlich mit einem gelben Hut und einer Sonnenbrille vor ihrer Tür stand. Wie sie uns erklärte, hatte sie ihn mehrmals nach dem Haus gefragt, ohne eine klare Antwort zu erhalten. Sie selbst sei in den folgenden Monaten das eine oder andere Mal durch die Irisstraße spaziert, um einen unauffälligen Blick auf das Haus zu werfen, doch sie habe nichts Verdächtiges bemerkt. Aladin hatte begonnen, ein unstetes Leben zu führen, sein Zufluchtsort war Genovevas Wohnung, und seine Fluchtpunkte waren die Lokale von Gretl, Niki und anderen Wirten.
Als ich in der Bahnhofshalle neben Edward stand, der sich noch ein zweites Hörnchen geholt und es ebenso gierig verschlungen hatte wie das erste, dachte ich, vielleicht hatte Aladin gar nicht vor, mit seinem Halbbruder die Stadt zu verlassen, um seinen Vater ausfindig zu machen. Vielleicht hatte er beschlossen, den letzten Rest

der Fastwirklichkeit, wie Edward sie genannt hatte, auch noch zu verschwenden und in eine andere Realität einzutauchen, weit jenseits seiner Vergangenheit, die so zertrümmert war wie seine Knochen. Ich hielt es für möglich, dass Aladin Toulouse, möglicherweise unter dem Einfluss der Medikamente, die er immer noch nahm – Genoveva hatte uns einen Berg Schachteln gezeigt –, und der Unmengen an Alkohol, die er täglich konsumierte, sein Verschwinden in Augenblicken wacher Verzweiflung geplant hatte und Genovevas Wohnung für ihn bloß eine Zwischenbleibe dargestellt hatte, eine letzte Station vor dem Aufbruch in die schwarze Zukunft. Und vielleicht eignete sich für diesen Aufbruch kein Tag besser als der letzte des Jahres, die Nacht der explodierenden Sterne.

So betrachtet, führten die Untersuchung des Naheliegenden und des Wahrscheinlichen zum selben Ergebnis.

»Glaubst du, er hat sich umgebracht?«, fragte Edward. Er erwartete keine Antwort. »Ich muss euch was sagen ... Ich hätt es schon längst getan, ich hatt immer Angst deswegen. Ich hab immer aufgepasst, ob er Andeutungen macht. Hat er nicht. Hab keine gehört. Aber ich kann sie auch überhört haben. Wenn er sich umgebracht hat ... wenn er ... Dann wär doch der ganze Plan ... Verstehst du?«

»Ja«, sagte ich. »Er hätte dich dann belogen.«

»Und das hätt er eben nie gemacht«, sagte Edward laut.

Wir schauten hinaus zu den Gleisen, wo die Züge bereit standen, weiße, rote, blaue Waggons. Leute zogen Koffer hinter sich her, andere lasen Zeitung an einem Kiosk, die Stimme der Ansagerin, die aus den Lautsprechern schallte, klang etwas rau.

»Überleg nochmal«, sagte ich. »Erinnerst du dich an einen Platz, an dem sich Aladin gern und oft aufgehalten hat, vielleicht eine Kirche, oder eine Brücke, etwas anderes als eine Kneipe.«

»Wir haben oft telefoniert, aber ich weiß nichts«, sagte Edward. »Gebt ihr sein Bild in die Zeitung?«

»Möglich«, sagte Martin.

»Später rufen wir bei ein paar sozialen Diensten an«, sagte ich. »Vielleicht ist er dort aufgetaucht, wir sind erst am Anfang unserer Ermittlungen.«

Wie arm das klang, wie naiv. Und doch war es wahr.

»Du hast mich heut Nacht wegen dem Essen gefragt«, sagte Edward. »Hat er bei seiner Genoveva nichts zu essen gekriegt? Hab ich nicht kapiert.«

»Die Bemerkung eines Zeugen«, sagte ich.

»Was für ein Zeuge?«

»Jemand, den wir befragt haben.« Ich erwog, ins Dezernat zu gehen, das nur zwei Minuten von hier entfernt war, entschied mich dann aber, dort anzurufen. Ich wollte draußen sein, unterwegs, in Bewegung.

Von einem Telefon auf der Empore, wo sich ein Café, ein Kleiderladen und ein Burgerlokal befanden, rief ich Paul Weber an, der gerade seinen Bereitschaftsdienst beendete.

»Wie gehts dir?«, sagte ich.

»Drei verirrte Männer«, sagte er. »Vier Frauen, die plötzlich von ihren Ehemännern vermisst werden. Ja, und dein Freund Bogdan hat angerufen. Er wollte dich sprechen.«

Ich war ziemlich überrascht. Pauls Mitteilung berührte mich eigenartig.

»Was wollte er?«

»Er wollte dir sagen, er freut sich, dass es dir gelungen ist, die beiden Kinder wohlbehalten zu finden.«

Bei der Vermissung eines neunjährigen Jungen und eines zehnjährigen Mädchens hatte ich den Sandler als Zeugen vernommen, in manchen seiner Gesten erinnerte er mich so intensiv an meinen Vater, dass ich mir wünschte, ihn wiederzutreffen, einfach um ihm zuzuschauen. Doch am Ostbahnhof, wo er sich bis dahin gewöhnlich herumgetrieben hatte, tauchte er nicht wieder auf, niemand hatte ihn nach unserem Gespräch gesehen, man hätte meinen können, unsere Begegnung sei die Ursache für sein Verschwinden gewesen.

»Die Kollegen in Pasing haben ihn aufgegriffen«, sagte Weber. »Sie wollten ihn mitnehmen und in die Ausnüchterungszelle stecken, aber er nannte so oft deinen Namen, bis sie im Dezernat anriefen. Ich sagte, sie sollen ihn gehen lassen, und das haben sie dann auch getan.«

»Merkwürdig«, sagte ich.

»Und bei euch? Habt ihr eine Spur.«

»Ja«, sagte ich und berichtete ihm, wie wir Edward Loos gefunden hatten und dass wir nun auf der Suche nach dessen Halbbruder waren.

Ich sagte: »Wie heißt der Verein, der Obdachlose und alte Leute mit Essen versorgt?«
»Münchner Tafel«, sagte Weber.
»Wo kann ich die erreichen?«
»Wo bist du?«, fragte er.
»Am Hauptbahnhof.«
»Verstehe«, sagte Weber. »Du hast wieder eine Büroallergie.«
Als ich in der Vermisstenstelle anfing, wies er mich, wie später auch Martin, in die Arbeit ein, und wenn wir nachts gemeinsam Dienst hatten, erzählte er von seiner Frau Elfriede, die er kennen gelernt hatte, als er noch auf Streife ging, und die ihn dazu brachte, die Uniform auszuziehen und in den gehobenen Dienst zu wechseln. Seit Elfriedes Tod bewohnte Paul Weber eine Einsamkeit, an die er sich nur langsam gewöhnte und die er versuchte, mit Nachtschichten leichter zu ertragen.
Aus dem Internet suchte er mir einen Namen und die Adresse der Münchner Tafel heraus.
»Soll ich für dich noch zu INPOL?«, fragte er.
»Nein«, sagte ich. »Ich komme später ins Büro.«
Wir verabschiedeten uns, und es gelang mir, Edward zu überreden, in seine Pension zurückzukehren und sich hinzulegen.
»Ruf mich ja an«, sagte er in der Türkenstraße zu mir.
»Natürlich«, sagte ich.
Ausnahmsweise saß Martin auf dem Rücksitz, eingehüllt in seine türkisfarbene Daunenjacke, mit grauem Gesicht, erschöpft und wach zugleich, ähnlich wie ich.

»Wohin jetzt?«, fragte er.
Ich sagte: »Vielleicht zeigt uns der heilige Sebastian den Weg.«
»Hoffentlich ist der schon wach um diese Zeit«, sagte Martin.

Ob der heilige Sebastian schon aufgestanden war, konnten wir nicht beurteilen, seine Helferinnen jedenfalls waren um sechs Uhr morgens vollkommen munter.
Im Eingangsbereich des Pfarramts St. Sebastian an der Karl-Theodor-Straße bereiteten fünf Frauen ein Frühstück vor, das aussah, als wäre es zugleich ein Mittag- und Abendessen. Auf zwei langen Bänken reihten sich Obstkisten mit Tomaten, Gurken, Bananen, Äpfeln, Brot und Käse aneinander, dazwischen Thermoskannen, Tassen und Teller, Löffel, Messer und Gabeln aus Plastik, Servietten, Stofftaschentücher, ein paar Handschuhe und Mützen aus Wolle, und unter den Bänken Waschkörbe mit eingeschweißten Würsten, Joghurtbechern und anderen Lebensmitteln. Es roch nach starkem Kaffee. Auf einem Extratisch schmierten zwei ältere Frauen Butter und Honig auf Brote, und als sie Martin und mich bemerkten, reichte eine von ihnen uns eine Schnitte.
»Nein danke«, sagte ich.
»Aber warum sind Sie dann hier?«, sagte sie mit einem Lächeln.
Ich sagte: »Ich bin ...« Da streckte Martin die Hand aus und nahm das Brot.
»Vielen Dank«, sagte er, und ich sah ihm zu, wie er aß,

hungrig und ganz selbstverständlich, und ich beneidete ihn darum.

»Sie nicht?«, sagte die Frau.

»Nein«, sagte ich. »Ich suche Lina Walter.«

»Die steht da drüben.« Sie zeigte auf eine Frau in einem beigen Anorak und mit einer Pelzmütze.

Ich ging hin, und Martin blieb noch bei den beiden anderen Frauen, bestimmt boten sie ihm gleich einen Kaffee an, und er konnte ihn gebrauchen.

»Polizei«, sagte Lina Walter, nachdem ich ihr meinen Ausweis gezeigt hatte. »So früh am Morgen. Ist was Schlimmes passiert?« Aus einer Holzkiste sortierte sie angefaulte Tomaten aus und warf sie in eine Plastikschüssel. »Daraus machen wir Suppe.«

»Kennen Sie diesen Mann?« Ich zeigte ihr das Foto von Aladin Toulouse.

Bevor sie es nahm, hauchte sie ihre Hände an. »Der Aladin! Den kennen wir alle. Wo ist er? Ich vermiss ihn schon eine Weile.«

»Wir vermissen ihn auch«, sagte ich. »Er ist verschwunden. Können Sie sich erinnern, wann er das letzte Mal bei Ihnen war?«

»Einen Moment.« Sie gab mir das Foto zurück. »Lisl! Komm mal.«

An einem Tisch in der Ecke, der mir bisher nicht aufgefallen war, rührte eine Frau in einem auf einer elektrischen Platte stehenden Suppentopf. Sie legte den Kochlöffel auf einen Teller, deckte den Topf zu und kam zu uns.

Ich stellte mich vor.

Sie sagte: »Schäfer, Elisabeth.«

»Wann hast du den Aladin zum letzten Mal gesehen, Lisl?«, fragte Lina Walter.

Lisl, die ein paar Jahre älter zu sein schien als ihre Freundin, Ende fünfzig, trug graue Stoffhandschuhe und rieb die Knöchel aneinander. »Den Aladin ... Im Januar. Ja, an Dreikönig, am Jakobsplatz, ich erinner mich, weil da hats so geschneit, und der Aladin hat uns geholfen, den Schnee wegzuschaufeln, und er hat Kies gestreut. Das war an Dreikönig.«

»Am Jakobsplatz«, sagte ich.

»Wir fahren mit Bussen verschiedene Stationen an«, sagte Lina Walter. »Sechzehn insgesamt, damit uns die Leute halt gut erreichen können. Da verteilen wir die Lebensmittel. Wo war ich an Dreikönig? Richtig, in der Fürstenrieder Straße. Der Aladin, der ist Stammgast bei uns.«

»Ist ihm was zugestoßen?«, sagte Lisl Schäfer.

»Können Sie sich erklären, warum er nicht mehr zu Ihnen kommt?«, sagte ich.

»Nein«, sagte Lina Walter. »Und der ist immer gekommen, das ganze Jahr über, das war mal ein berühmter Fußballspieler, und jetzt ist er so am Ende. Aber wir haben auch Rechtsanwälte, Doktoren, Studierte, viele Frauen, die was gelernt haben, das sind hier nicht nur die klassischen Obdachlosen, das ist ja das Schlimme, dass in einer Stadt wie München so viel Armut ist, und keiner siehts.«

»Sie sehen es«, sagte ich.

»Ja, wir«, sagte Lina Walter. »Aber wir haben keinen Einfluss, wir können immer bloß reagieren. Wenn die Leute zu uns kommen, sind sie bereits arm. Dann ist es schon zu spät.«

»Nein«, sagte Lisl Schäfer. »Zu spät ists nie.«

»Das ist wahr«, sagte Lina Walter. »Zu spät ists nie. Aber der Aladin, ist er vielleicht im Krankenhaus?«

Nachdem wir bei Mildred Loos gewesen waren, hatte ich vom Auto aus meine junge Kollegin Freya Epp gebeten, in den städtischen Kliniken anzurufen und eine Beschreibung durchzugeben. Ihre Recherchen brachten keine neuen Erkenntnisse, zwei Ärzte gaben an, sie hätten Aladin vor einigen Jahren untersucht und an eine Fachklinik überwiesen.

Hinter mir waren Stimmen zu hören. Ich drehte mich um und sah eine Schlange Männer in zerschlissenen, dicken Jacken und Mänteln hereinkommen, die meisten trugen Rucksäcke, einige Plastiktüten und Jutebeutel. Viele schienen sich zu kennen.

»Der mit der Pudelmütze«, sagte Lina Walter, »der kennt den Aladin. Das ist der Holder.«

»Ich muss zu meiner Suppe«, sagte Lisl Schäfer. »Wenn Sie eine möchten, müssen Sie sich beeilen, Herr Kommissar.«

»Danke.«

Holder hatte außer der blassblauen Mütze einen hellblauen gefütterten Anorak, Blue Jeans und braune Fellstiefel an. Sein Rucksack war vermutlich vor langer Zeit weiß gewesen.

»Kann ich Sie mal sprechen?«, sagte ich.

Er sagte: »Jetzt ess ich. Wer bist du?«
»Ich suche den Aladin.«
»Den such ich auch.«
»Warum?«
»Warum?«, sagte er. »Warum? Er hat mir zwei Karten versprochen. Für mich und meine Freundin. Und jetzt? Das ist ein Geburtstagsgeschenk für meine Freundin. Die hat heut Geburtstag. Heut. Und?«
»Was für Karten hat er dir versprochen?«, sagte ich.
»Konzertkarten. Fürs Konzert von seinem Bruder. Die ganze Zeit hat der von seinem Bruder erzählt, was der für ein Wahnsinnsgitarrist ist, und dass der ein Wahnsinnskonzert in München gibt, ein einmaliges Konzert. Ich steh auf Gitarre. Al de Meola, Clapton, alles. Hab selber mal gespielt. Er hat gesagt, so was hätt ich noch nicht gehört, so ein Konzert. Er hat ein Mordsgeheimnis draus gemacht. Ich hätt gern Milch in den Kaffee, bittschön.«
Die ältere Frau, die mir vorhin das Brot geben wollte, reichte Holder die Tasse.
»Und jetzt hast du kein Geburtstagsgeschenk«, sagte ich.
»Ist doch Scheiße!« Holder schlürfte seinen Kaffee und wartete ungeduldig auf eine Wurstsemmel, die ihm eine der Frauen hinter den Bänken schließlich in die Hand drückte. »Servus, Kati.«
»Grüß dich, Holder«, sagte Kati. »Wie gehts deiner Liebsten?«
»Schlecht«, sagte er. »Ich hab nix zum Geburtstag für sie.«
»Ich hab gedacht, du gehst mit ihr ins Konzert«, sagte Kati.

»Wenn der bis heut Mittag nicht auftaucht«, sagte Holder und schmatzte, »dann hau ich ihn zusammen, dann gehts ihm wie früher auf dem Platz.« Er bog den Oberkörper und stöhnte. »Ich bin verspannt. Die Kisten werden immer ungemütlicher, früher hat man Platz gehabt, aber heut ist alles viel zu eng.«

»Was für Kisten?«

»Kisten. Ka-eff-zetts!«, sagte er. »Hab ich vom Aladin gelernt. Der hat mir erklärt, wie man ein Auto aufknackt, ohne dass jemand was merkt. Der übernachtet nur in Autos, das sind seine Hotels. Wer bist du überhaupt?«

»Süden«, sagte ich. »Tabor ...«

»Süden?«, unterbrach er mich und legte den Kopf schief. »Ist okay, zu mir sagen auch alle Holder, das muss reichen, mehr muss man nicht wissen, passt schon so, Süden.«

13

Nach dem dritten Kaffee glaubte er Martin und mir, dass wir Kriminalbeamte waren, trotz unseres Aussehens. »Harte Zeiten«, sagte Holder. »Jetzt wisst ihr, wo ihr hinkönnt, wenn der Staat euch mal rausschmeißt. So weit wirds kommen, auch der Staat wird Leute entlassen, heut ist niemand mehr sicher.«

Inzwischen frühstückten hier ungefähr dreißig Menschen und nebenbei deckten sie sich mit Lebensmitteln ein. Im Winter, hatte uns Holder erklärt, öffneten Lina Walter und ihre Helferinnen jeden Samstag Morgen das Tor von St. Sebastian, und wer nicht rechtzeitig kam, musste, wenn er Pech hatte, mit leeren Händen abziehen.

»Warum beginnt der Ausschank so früh?«, fragte ich.

Holder stopfte vier Äpfel, drei Tafeln Schokolade und fünf in Plastik verpackte Semmeln in seinen Rucksack, dessen Inhalt er schamhaft vor uns verbarg.

»Die Schoko ist für Senta, zum Geburtstag«, sagte er.

»Wo ist sie?«, fragte ich.

»Schläft noch«, sagte er. »Ist erkältet, schwere Zeit für sie.« Er verschnürte den Rucksack und stellte ihn neben die Bank, auf der wir saßen. »Warum die so früh anfangen? Das ist wichtig, manche sind die ganze Nacht draußen, die brauchen dann was Heißes. Ist doch okay. Glaubst du, wir schlafen bis Mittag und gehen dann erst mal zur Maniküre? Ist doch okay, wenn gleich was zu tun ist in der Früh.«

»Sind die Unterkünfte alle belegt?«, fragte Martin.

»In der Pilgersheimer zahlst du drei Euro zehn«, sagte Holder. »Die spar ich mir, da weiß ich was Besseres.«
»Die lassen dich auch rein, wenn du nichts zahlst«, sagte Martin.
»Ich bettel nicht«, sagte Holder.
»Und heut Nacht hast du in einem aufgebrochenen Auto übernachtet?«, sagte ich.
Holder zog die Pudelmütze tief in die Stirn, breitete die Ellbogen auf dem Tisch aus, sodass ich, der direkt neben ihm saß, noch näher an den Rand rücken musste, krümmte den Rücken und brachte den Kopf nicht mehr hoch.
Um uns hallten die Stimmen der Männer, manche redeten laut aufeinander ein, einige hatten Mühe beim Sprechen, und ihre Zuhörer mussten sich zu ihnen hinbeugen, andere schneuzten sich und husteten. Niemand rauchte. Unter den armen Rittern der Tafelrunde befanden sich nur drei Frauen, alle etwa im gleichen Alter zwischen fünfzig und sechzig, alle drei mit Fellmützen, alle drei allein, getrennt voneinander, und die Männer sprachen nur zögernd mit ihnen, und wenn sie nicht angesprochen wurden, aßen die Frauen schweigend und langsam weiter.
»Wir suchen Aladin«, sagte ich. »Die Autoaufbrüche gehen uns nichts an. Hatte Aladin bestimmte Straßen, bestimmte Viertel, wo er seine Autos knackte?«
Holder redete nicht mehr mit uns.
»Weißt du, was komisch ist?«, sagte ich und sah ihn von der Seite an. Er pulte sich Krümel aus den Zähnen. »Anscheinend hat Aladin damit gerechnet, dass sein Bruder

die letzte Runde erreicht, sonst hätte er dich und deine Freundin nicht zum Konzert eingeladen. Das Konzert ist der Abschluss eines Wettbewerbs, hast du das gewusst?« Er schraubte seinen Kopf herum. »Bin ich dein Beichtvater? Da hinten ist die Tür, da gehts zur Beichte.« Er schraubte seinen Kopf wieder nach vorn.
Ich sagte: »Ich kenne seinen Bruder, er schenkt dir zwei Freikarten, das weiß ich. Du darfst das Konzert auf keinen Fall versäumen, für dich als Gitarrenexperte wird das ein Erlebnis. Ich kann das beurteilen, ich habe ihn schon spielen hören.«
»Ich bin kein Gitarrenexperte«, sagte Holder vor sich hin.
»Wann hast du Aladin zum letzten Mal gesehen, Holder. Das ist sehr wichtig für uns.«
»Keine Ahnung.«
»Warst du an Dreikönig am Jakobsplatz?«
»Ich führ kein Tagebuch.«
»Erinnere dich bitte.«
»Letzte Chance auf Suppe«, rief Lisl Schäfer durch den Raum.
Sofort erhoben sich mehrere Männer, den weißen Teller in beiden Händen, und bildeten wie antrainiert eine Schlange.
»Sein Bruder macht sich große Sorgen, Holder«, sagte ich.
»Hilf uns«, sagte Martin, der Holder gegenübersaß und ungeduldig mit einer Streichholzschachtel spielte.
»Als ich mit ihm unterwegs war«, sagte Holder, machte eine Pause und drehte mir halb den Kopf zu, »das war drüben am Park, an der Straße, wo die Parkplätze sind,

und hinten, wo die Schule ist. Da sind keine Häuser direkt daneben, da steht nicht dauernd jemand am Fenster und macht den Blockwart. Da waren wir, und das war das letzte Mal, dass ich ihn gesehen hab.«

»Wann war das?«, fragte ich.

»Vor einem Monat ungefähr«, sagte er und warf einen Blick zu den Männern vor Lisls Suppentopf.

»Und danach?«, sagte Martin.

»Ich will jetzt noch was essen«, sagte Holder, stand auf und nahm wie die anderen den Teller in beide Hände. »Und sonst weiß ich nichts. Ich war dann nicht mehr in der Gegend, ich war mit meiner Freundin unterwegs. Woanders.«

»Aber er hat versprochen, dir die Konzertkarten zu bringen«, sagte ich.

»Hörst du nicht zu? Die Senta hat heut Geburtstag. Und wo sind die Karten?«

»Weißt du, wo das Konzert stattfindet?«, sagte ich.

»Im ›Substanz‹«, sagte Holder laut.

»Wir beide sind auch dort, komm mit deiner Freundin hin, ihr braucht keine Eintrittskarten.«

»Aha«, sagte Holder. »Polizeiliche Autorität.«

»Komm einfach hin«, sagte ich.

»Volvos«, sagte er, stieg über die Bank und stützte sich auf dem Rücken des Mannes neben ihm ab.

»Bitte?«, sagte ich.

»Volvos waren seine Lieblingshotels.«

Auf der anderen Seite der Karl-Theodor-Straße begann der Luitpoldpark, dessen Südseite Parkplätze säumten und an dessen Ostseite die Borschtallee vorbeiführte, in der ebenfalls Fahrzeuge parkten. Wir gingen von einem Auto zum anderen. Über uns schrien Krähen, die sich auf den grauen Ästen der Linden niederließen, und in der Ferne sprang ein Dobermann durch den schmierigen Schnee. Auf manchen Autos war der Schnee noch immer gefroren, und die Fenster waren vereist.
Am Gymnasium kehrten wir um. Kein Wagen war aufgebrochen worden, in keinem schlief ein Obdachloser.
»Ich fahre dich nach Hause«, sagte ich. Von der Hiltenspergerstraße, in der ich unseren Wagen abgestellt hatte, bis in die Albrechtstraße, wo Martin wohnte, brauchte ich um diese Zeit höchstens fünf Minuten.
Martin rauchte, blickte über die Straße zur Backsteinfassade von St. Sebastian, vergrub die Hände in den Hosentaschen und behielt die Zigarette im Mundwinkel. Damals, nach dem Abitur, das wir beide knapp geschafft hatten, beschlich uns eine elementare Ratlosigkeit, was die Zukunft betraf, und das Einzige, was wir sicher wussten, war, dass wir nicht zur Bundeswehr wollten. Martin hatte zudem kein Interesse am Zivildienst, obwohl wir beide bereits mit siebzehn Jahren den Wehrdienst verweigert und uns bereit erklärt hatten, ersatzweise eine soziale Tätigkeit zu übernehmen. Auf den Formularen, die wir bei der Musterung ausfüllen mussten, stand in roten Großbuchstaben »KDV«, für Kriegsdienstverweigerer, als rüste sich die Bundeswehr, die

sich nicht einmal Armee nannte, für einen Krieg. Es war Martins Idee gewesen, sich bei der Polizei zu bewerben, und da ich nicht viel mehr an Perspektiven vorzuweisen hatte als er, füllte ich die Unterlagen aus. Und inzwischen standen wir kurz vor unserem fünfundzwanzigjährigen Dienstjubiläum als Beamte. Unser Zuhause war der Staat, er bezahlte unsere Ratlosigkeit, die uns auch nach einem Vierteljahrhundert regelmäßig heimsuchte, wenn es um eine Alltagszukunft ging, vor der wir zurückschreckten, um die Bewältigung des nächsten Morgens in Abwesenheit eines unauffindbaren Kindes, um das Aussprechen eines Satzes, der die Biografien einer Familie für immer verändern würde. Und vielleicht würden wir eines Tages in einem Anfall von beamtösem Selbsthass oder existenzieller Schreckhaftigkeit unsere Papiere zurückgeben und auf die Straße laufen wie entlassene Gefangene und so tun, als warte eine neue Geborgenheit auf uns. Und ein paar Monate später würden uns die Dienerinnen des heiligen Sebastian zum Frühstück einladen, und Lina Walter würde uns wiedererkennen und nichts fragen.

»Heut Abend wird gespielt«, sagte Martin.

»Unbedingt«, sagte ich.

Ich fuhr ihn nach Hause und machte mich auf den Weg ins Dezernat, wo ich in meinem Büro ein Fernschreiben von den Berliner Kollegen vorfand, das an Sonja gerichtet war. Ich rief sie sofort an.

Das war keine zukunftsträchtige Idee.

Nach dem Klicken in der Leitung, das bedeutete, sie hat-

te den Knopf an ihrem schnurlosen Telefon gedrückt, hörte ich nichts mehr.
»Ich bin es«, sagte ich ein zweites Mal.
Am anderen Ende breitete sich eine Milbertshofener Stille aus.
»Habe ich dich geweckt?«, sagte ich.
»Wieso rufst du jetzt an?«, sagte sie verschlafen, aber es klang nicht nett.
»Die Berliner Kollegen haben den Mann im weißen BMW ausfindig gemacht«, sagte ich. »Er lag mit Vanessa Wegener in einem Bett des ›Savoy-Hotels‹.«
Keine Reaktion. Ich schaltete den Computer an, gab mein Codewort ein, klickte aufs INPOL-System und ging von dort in die VERMI/UTOT-Datei.
»Das Mädchen ist auf dem Weg nach München.«
»Ruf mich nie wieder so früh an«, sagte sie.
Ich hatte nicht daran gedacht, dass sie nie vor elf Uhr aufstand, wenn sie nicht zur Arbeit musste. Jetzt war es kurz nach neun.
Automatisch legte ich den Hörer auf den Schreibtisch und las die Meldung auf dem Bildschirm zu Ende. Dann hörte ich Sonjas Stimme und hielt den Hörer wieder ans Ohr.
»Was ist?«, sagte sie verärgert. »Habt ihr eine Spur gefunden? Bist du im Dezernat?«
»Ja«, sagte ich und heftete meinen Blick unvermindert auf den Computer, als würde ich den Inhalt der Nachricht nicht begreifen. »Ja. Wir haben ihn gefunden. Entschuldige, dass ich dich aufgeweckt habe. Ich rufe dich nochmal an.«

»Was ist denn?«
»Schlaf noch«, sagte ich.
Dann drückte ich auf die Gabel und wählte eine neue Nummer.
»Tabor Süden«, sagte ich in den Hörer.
»Lange nichts von Ihnen gehört«, sagte Dr. Silvester Ekhorn. »Sie haben es ja auch mit den Lebendigen zu tun. Sie sollten mich mal besuchen, bei mir stapeln sich die Leichen gerade wieder. Vor einem Jahr hab ich einen neuen Mitarbeiter angefordert, aber: Ich krieg ihn nicht.«
»Ich wollte Sie fragen, ob ich gleich ins Institut kommen kann.«
»Ich bin hier«, sagte der Pathologe. »Eine Identifizierung?«
»Ja«, sagte ich.

Der Mann auf dem Bild in meiner Hand hatte keine Ähnlichkeit mit dem Mann auf dem schwarzen Marmortisch. Der Mann auf meinem Bild war jung und vital, mit einer Aura von Zuversicht, der Mann auf dem Marmortisch war alt, einunddreißig Jahre alt, und tot. Bis zum Kinn war sein Körper mit einem weißen Leintuch bedeckt, sein Gesicht sah aus wie vor langer Zeit versteinert.
Dr. Ekhorn hatte seine blauen Gummihandschuhe anbehalten und mir zur Begrüßung den Unterarm hingehalten. Er obduzierte und sezierte seit mehr als fünfzehn Jahren Leichen, die meisten im Auftrag der Mordkommission, ab und zu auch für andere Abteilungen.
»Hier haben wir zur Abwechslung eine eindeutige Ange-

legenheit«, sagte Ekhorn und schlug das Tuch über der Leiche bis zu den Waden zurück. »Die typische Verfärbung im Bereich der Knievorderseiten, blaurot, das sehen Sie hier deutlich, Retraktion des Penis durch Kälteeinwirkung, hier weitere hellrote Flecke, hier die fleckförmigen geschwollenen Hautstellen und so weiter. Die Magenschleimhaut hab ich noch nicht untersucht, wie gesagt, unsere Freunde vom Mord haben es wieder eilig, ich schneide Ihren Mann am Nachmittag auf, aber ich rechne nicht mit einer Überraschung. Er ist erfroren, kein Zweifel, Todesursache Herzkammerflimmern.«

»Wann?«, sagte ich.

»Vor einer Woche, sechs Tage, eventuell sieben. Ihre Kollegen haben ihn in einem Auto gefunden, nicht wahr?«

»Der Autobesitzer hat die Leiche entdeckt«, sagte ich. »Er war nach einem Skiunfall vier Wochen im Krankenhaus gelegen, in dieser Zeit stand sein Wagen auf der Straße ...«

In der Bechsteinstraße, in unmittelbarer Nähe des Areals am Rand des Luitpoldparks, das Martin und ich an diesem Morgen abgesucht hatten.

»... ein Volvo, der völlig eingeschneit und vereist war. Niemand hat was bemerkt. Aladin Toulouse hat ein Türschloss geknackt und sich reingelegt. Ich habe vorhin den Bericht der Kollegen gelesen. Und da stand etwas, das ich nicht verstehe.«

»Sie meinen seine Kleidung«, sagte Dr. Ekhorn.

»Seine Kleidung«, sagte ich. Der Kollege hatte geschrieben, der Tote habe einen gelben Hut und eine Sonnenbrille getragen, aber sonst ...

»Sonst fast nichts«, sagte der Gerichtsmediziner und zog das Tuch über das Gesicht des Toten. »Das kommt vor, dass sich Erfrierende hochgradig unlogisch verhalten. Sie tun zum Beispiel etwas, das man nie erwarten würde.«

»Was?«, sagte ich und bewegte mich auf die Tür zu. Der Geruch machte mich schwindlig.

»Sie reißen sich die Kleidung vom Leib«, sagte Dr. Ekhorn, »trotz der eisigen Kälte. Das ist eine Form von Delirium. Man nennt es Kälte-Idiotie. Das war bei Ihrem Mann der Fall. Er war sehr erschöpft, sehr abgemagert, hatte viel Alkohol getrunken. Ich schicke Ihnen den Abschlussbericht am Montag, reicht Ihnen das?«

»Ja«, sagte ich.

»Jetzt haben Sie Ihren Vermissten wenigstens wieder«, sagte er.

»Ja«, sagte ich.

»Wissen Sie was über ihn? Er hat eine Menge Narben und Verformungen am Körper.«

»Er war ein berühmter Fußballspieler«, sagte ich. »Er spielte beim FC Bayern und einmal in der Nationalmannschaft.«

»Fürs Sporttreiben hat mir immer der Ehrgeiz gefehlt«, sagte Dr. Ekhorn.

Ich sagte: »Ihm eigentlich auch.«

14

Danach lagen wir nebeneinander, beide auf dem Rücken, die Arme ausgestreckt, und unsere Hände berührten sich sacht. Nachdem ich in der Pension »Stefanie« angerufen hatte, streifte ich, weil ich nicht in der Halle des Gerichtsmedizinischen Instituts auf Edward Loos warten wollte, die Thalkirchener Straße entlang, auf der einen Seite hinauf in Richtung Kapuzinerstraße, auf der anderen hinunter auf das Sendlinger Tor zu. Ich versuchte mir vorzustellen, auf welche unauffällige und sorgfältige Weise Aladin die Autoschlösser geknackt hatte, sodass er weder dabei noch später, während er schlief, erwischt worden war. Immer entkam er, bevor die Besitzer auftauchten, und ich war mir sicher, einige von ihnen wunderten sich vielleicht etwas über den fremden Geruch im Wagen, aber noch mehr darüber, warum sie vergessen hatten abzusperren. Ich sah Aladin, wie er sich am Neujahrstag an einer der sechzehn Busstationen anstellte, zusammen mit anderen Hungerleidern, und dankbar heißen Tee und Suppe entgegennahm. Und ich wusste nicht, wo er sich zwischen seiner letzten Begegnung mit Holder und seinem Tod im Volvo aufgehalten hatte. Wieso hatte er plötzlich den Kontakt zu seinen wenigen Verbündeten abgebrochen, wieso hatte er so überzeugend vom Konzert seines Bruders erzählt und gleichzeitig diesen nicht wieder angerufen? Ungefähr drei Wochen lang musste er durch die Stadt geirrt sein, abseits seiner üblichen Wege. Wovon und wo er sich ernährt hatte, blieb im Dunkeln, vermutlich hatte er Mülltonnen und Container durchwühlt, nur geschlafen hatte er wahrscheinlich auf die gleiche Art wie immer, in einem Auto. Warum war Aladin Toulouse verloren gegangen? Warum hatte ihn Edwards Idee, gemeinsam ins Ausland zu reisen, ihre Väter zu besuchen und zumindest eine Zeit lang ein aufregendes Leben zu führen, nicht mit Zuversicht erfüllt, obwohl er nach den Aussagen seines Halbbruders nie eine negative Bemerkung über den Plan gemacht hatte? Und warum war er schließlich in das Viertel der Stadt zurückgekehrt, in dem Lina Walter und ihre Helferinnen in dieser Jahreszeit jeden Samstag Morgen zu Tisch baten? Und er hatte nicht nur das Viertel aufgesucht, sondern bestimmte Straßen. Wie Dr. Ekhorn festgestellt hatte, war Aladin vor sechs bis sieben Tagen gestorben, was meinen Überlegungen nach bedeutete, nicht vor dem vergangenen Wochenende, da er, wäre er früher nach Nordschwabing gekommen, sicher die Tafel am letzten Samstag besucht hätte. Offensichtlich tauchte er also erst am Sonntag oder Montag in unmittelbarer Nähe von St. Sebastian auf und übernachtete dort. Und dies ließ nur eine Schlussfolgerung zu.

»Er wollte überleben«, sagte ich zu Sonja.

Nach einem langen Schweigen sagte sie: »Oder er wollte nur sein Versprechen halten.«

»Er konnte sein Versprechen nicht halten.«

»Warum nicht?«

»Es gibt keine Konzertkarten«, sagte ich. »Man zahlt am Abend Eintritt, das ist alles.«
»Er hätte dafür gesorgt, dass dieser Holder und seine ...«
»Senta.«
»... dass die umsonst reinkommen, das ist doch ein schönes Versprechen.«
»Ja«, sagte ich. »Aber er redete davon, Karten zu bringen.«
»Er war halt ein Scherzbold.«
»Er wollte überleben«, sagte ich wieder.
Unten im Hof bellte ein Hund, dann war es still.
Von einem bestimmten Zeitpunkt einer Vermissung an verhallten alle Fragen. Sei es in der unheimlichen Gegenwart eines Schattenmenschen – so nannten wir Vermisste, von deren Tod wir ausgingen, deren Leichen wir aber nicht finden konnten, sodass die Angehörigen oft gegen ihren Willen weiterhofften und an jedem Geburtstag des Verschwundenen geradezu manisch von dessen Rückkehr überzeugt waren –, sei es angesichts eines Leichnams auf dem schwarzen Marmortisch: Eine Erklärung für den großen Sinn blieben wir ebenso schuldig wie die Antwort auf eine banale Frage wie: Wieso hat er denn einen gelben Hut aufgehabt?

»Wieso hat er denn einen gelben Hut aufgehabt?«, fragte Mildred Loos in der Pathologie. »Und wieso eine Sonnenbrille beim Schlafen?«
Mutter und Sohn hatten den Toten identifiziert, an-

schließend standen wir in der Halle, als wagten wir nicht, wieder ans Tageslicht zu treten.

»Kälte-Idiotie«, sagte Mildred Loos, die einen schwarzen Mantel und einen schwarzen Schal trug. Sie horchte dem Wort hinterher.

Edward Loos hatte sich ein wenig von uns abgewandt und den Kopf gesenkt, er unterdrückte seine Tränen.

»Ich verstehe ihn nicht«, sagte seine Mutter. »Verstehen Sie ihn?«

»Nein«, sagte ich.

»Sie sind wenigstens ehrlich«, sagte sie und sah zu Edward, der schniefte. »Und ihr habt also die ganze Zeit miteinander telefoniert, ohne mir was zu sagen.«

Edward sagte nichts.

Auf dem Weg vom Keller, wo Dr. Ekhorn arbeitete, hinauf ins Erdgeschoss hatte er ihr von den regelmäßigen Gesprächen erzählt, unvermittelt, in einem sachlichen Ton, in knappen Sätzen, nicht länger als eine Minute.

»Er ist so dünn«, sagte Mildred Loos. »Haben Sie gesehen, wie dünn er ist, so dünn?«

»Ja«, sagte ich.

»Sie sind Tote gewöhnt«, sagte sie.

»Nein.«

»Wird das in der Zeitung stehen?«

Edward hob den Kopf, seine Augen waren verschwommen.

»Weil er doch so ein bekannter Fußballer war, früher«, sagte Mildred Loos. »Ich möchte nicht, dass was in der

Zeitung steht. Können Sie das verhindern, Herr Süden?«
»Ich kann verhindern, dass Journalisten vor der Beerdigung etwas schreiben«, sagte ich. »Aber die Zeitungen werden den Tod Ihres Sohnes bestimmt vermelden.«
»Das möcht ich aber nicht.«
»Von mir und meinen Kollegen erfährt niemand etwas.«
»Versprechen Sie das?«, sagte sie.
»Natürlich.«
Dann gingen wir hinaus in den Hof. Bevor wir die Straße erreichten, blieb Mildred Loos noch einmal stehen.
»Jetzt musst du dein Konzert, oder wie man das nennt, absagen«, sagte sie.
Edward vergrub seine Hände noch tiefer in den Taschen seines Wollmantels. »Ich werd auf die Bühne gehen«, sagte er. »Ich spiel für Aladin.«
»Das verbiete ich dir«, sagte Mildred Loos und sah mich sofort an, etwas erschrocken.
Edward ging weiter.
»Sie sollten auch hingehen«, sagte ich. »Bleiben Sie nicht allein zu Hause.«
»Ich muss ins Theater«, sagte sie, wollte einen Schritt machen, hielt inne. »Das ist ja Unsinn, ich geh nirgends hin, selbstverständlich bleib ich zu Hause.«
Ich sagte: »Es ist Ihnen alles fremd jetzt.«
Sie hielt nach Edward Ausschau, der auf dem Gehsteig nicht mehr zu sehen war.
»Woher wissen Sie das?«, sagte sie, eine Hand auf den Schal gepresst. »Sie sind ja ein Fachmann. Das hab ich

grad vergessen, Sie kennen solche Situationen. Einer verschwindet, Sie suchen ihn, dann finden Sie seine Leiche, und das Kapitel ist beendet. Im ersten Moment hab ich gedacht, er ist es nicht, ich hab ihn nicht erkannt, er war so dürr und … so grau und … die Flecken überall, und er sah überhaupt nicht aus wie … wie …«

»Wie einunddreißig«, sagte ich.

»Ja«, sagte sie und blickte zu Boden und dann zur Straße, wo Edward jetzt auftauchte und stehen blieb. »So gealtert … so … fremd … Ich kann gar nicht weinen, ist das schlimm? Verurteilen Sie mich jetzt?«

»Ich verurteile Sie doch nicht«, sagte ich.

Mit einem Blick auf das Institutsgebäude sagte sie: »So ein dämlicher Hut. Wie aus dem Fasching. Er ist im Auto gelegen mit diesem Hut auf dem Kopf?«

»Ja«, sagte ich.

»Das ist schon albern.«

»Und erst die Sonnenbrille«, sagte ich.

»Als wär er im Traum auf Hawaii gewesen.«

»Das kann man nicht wissen«, sagte ich.

Ich wollte sie fragen, ob sie Genoveva Viellieber kannte, doch sie ging auf ihren Sohn zu, küsste ihn auf die Wange und umarmte ihn. Er ließ die Hände in den Manteltaschen und weinte.

Die Besucher bildeten eine Schlange bis auf die Straße, junge Leute, hauptsächlich Mädchen und Frauen zwischen siebzehn und fünfundzwanzig. Geduldig und aufgekratzt und überbordend vor Gesprächsstoff schoben sie sich Schritt für Schritt in die Höhle des »Substanz«, wo man die Luft inzwischen mit einer Kettensäge hätte zerschneiden können. Nach fünf Minuten an den Tresen gequetscht, gestoßen, getreten und besabbert, beschallt von Heavy Metal, das mich mein Alter nicht nur in den Ohren grausam spüren ließ, schlug ich, Sonja Feyerabend als wandelnde Fassungslosigkeit mit Ledermütze im Schlepptau, mit erhobenen Armen eine Schneise durch die hereinquellenden Massen, noch mehr gestoßen, noch mehr getreten, noch mehr besabbert, noch schneller alternd.

Draußen, auf der anderen Straßenseite, labten wir uns gierig am Sauerstoffbuffet.

»Ohne mich«, sagte Sonja, halbwegs regeneriert.

Ich sagte: »An den anderen Abenden haben wir auch überlebt.«

»Heute sind doppelt so viele Leute da.«

Ein Taxi hielt und ein Mann in einer Jacke aus Schlangenleder und hautengen Bluejeans, deren Beine eine Handbreit hochgekrempelt waren, stieg aus. Sofort schrien ein paar Mädchen seinen Namen.

»Jeepster! Jeepster!«

Applaus schallte ihm hinterher, als er auf uns zukam.

Martin trug dieselben Sachen wie bei seinen bisherigen Auftritten, dazu an den Fingerkuppen abgeschnittene dünne Lederhandschuhe. Seine weißen Sportschuhe stachen aus der Dunkelheit. Außerdem hatte er sich Gel in seine Resthaare geschmiert. Er roch nach Bier und Zigaretten.

»Die Jungs von der Band schon da?«, sagte er und grinste vor sich hin.
»Sie warten auf dich«, sagte ich.
Er warf mir einen Blick zu, aber er täuschte sich, ich lachte nicht über ihn.
»Ich hab mich erkundigt«, sagte er.
»Worüber?«
»Ich weiß jetzt, was ein Zimmer im ›Königshof‹ kostet. Ihr spinnt doch.«
Dann schaute er über die Straße zu seinen Fans. Viele standen noch immer vor der Tür des Lokals, rauchten und traten von einem Bein aufs andere. Im Lauf des späten Nachmittags waren die Temperaturen wieder gesunken.
»Ich muss rein«, sagte Martin. »Habt ihr den Vagabond schon gesehen?«
»Nein«, sagte ich. »Viel Glück.«
»Viel Glück«, sagte Sonja.
Einen Moment hielt er inne, blickte noch einmal von einem zum anderen, mit einem Ausdruck trauriger Erwartung.
Ich schwieg. Sonja zupfte an ihrer Ledermütze.
»Du schaffst es, yeah«, rief ein junger Typ von der anderen Straßenseite. Ohne sich umzudrehen, hob Martin den Arm und ballte die Faust.
Zum ersten Mal seit sehr langer Zeit glaubte ich, dass er so etwas wie Glück empfand.
»Spiel jetzt«, sagte ich.
Ich griff nach Sonjas Hand, und sie wehrte sich nicht. Martin ging vor uns her, federte in den Knien, schlenkerte

mit den Armen, wie um sich zu lockern, zuckte mit den Schultern. Vor uns teilte sich das Meer, die Menge machte Platz für The Jeepster und seinen lästigen Anhang.
»Du schaffst es, Mann«, rief ihm ein rothaariger junger Kerl vom Tresen aus zu.
»Hallo, Knightfish.« Im Getümmel quetschte ich mich an ihm vorbei. Wie seine Kumpane hatte auch Ingo wieder den Weg in die Sendlinger Kneipe gefunden, einige feuerten Martin an, andere Edward Loos, den ich noch nirgends erblickt hatte.
»Wie weit willst du noch nach vorn?«, schrie mir Sonja ins Ohr. Die donnernde Musik schien das Bier in meinem Bauch aufzuschäumen.
»Zum Notausgang«, brüllte ich zurück.
In der Nähe der Bühne leuchtete ein grünes Schild über einer Tür. Von dort hatte man nicht die beste Sicht auf die Akteure, aber das war Sonja noch mehr egal als mir. Zum Test drückte ich die Klinke. Die Tür war nicht abgesperrt.
An einem Tisch unterhalb der Bühne saßen fünf Männer um die zwanzig mit einem Berg Zetteln vor sich, die Jury, deren Sprecher sich Cargo nannte. Er hatte eine blonde Rastafrisur und trank ausschließlich rote Traubensaftschorle. Jetzt stand er auf, griff nach einem kabellosen Mikrofon und lächelte einen Pulk von Mädchen an, die vor ihm auf dem Boden hockten.
»Siehst du Martin irgendwo?«, fragte Sonja.
Ich sah ihn nicht. Vermutlich hielt er sich hinter der Bühne auf, dort, wo schon an den vergangenen Abenden die

Akteure saßen und auf ihren Auftritt warteten. Am Dienstag, bei der ersten Runde, waren es fünfzig, die, aufgeteilt in zehn Gruppen, ihr Programm absolvierten, jeweils zwei aus jeder Gruppe kamen weiter. Diese zwanzig Spieler traten am nächsten Abend in fünf Gruppen auf, bis schließlich in der dritten Runde fünf Gitarristen um den Einzug ins Finale wetteiferten. Die Auswahl und die Länge der Songs oblag den Teilnehmern, Martin hatte sich für Lenny Kravitz, Eric Clapton und die unfassbaren Guns'n'Roses entschieden, und er spielte seine Konkurrenten alle an die Wand. Es war, als brauche er nur einen Akkord anzudeuten, und die Menge geriet in Verzückung. Sie jubelte einem dreiundvierzigjährigen Hänfling in einer Schlangenlederjacke zu, aus dessen Fingern reine Energie zu fließen und sich bis zum letzten Zuhörer hin auszubreiten schien. Von seiner sonstigen Bedrücktheit, seiner Weltverlorenheit, seinem Hang zur Bewegungslosigkeit und Verzagtheit war nichts zu spüren, die Musik, und sie war stellenweise bösartig laut, katapultierte ihn in einen Bereich von Schwerelosigkeit, die ich bei ihm niemals für möglich gehalten hätte. Natürlich wusste ich von seinem Hobby, und auf manchen Weihnachtsfeiern hatte er Kostproben seines Könnens gegeben, aber es war mir nicht klar gewesen, welches Feuer das Luftgitarrespielen in ihm entfachte. Vollkommen ernsthaft, auf jeden Akkord konzentriert und gleichzeitig ekstatisch bis zur Erschöpfung interpretierte er die Songs auf eine eigene, unerhörte Weise, ich sah, wie seine Hände und Arme vibrierten, wie er mit den Beinen um sich schlug, die Augen schloss und aufriss, den Oberkörper kreisen ließ, über die Bühne stolzierte und sprang und turnte und federte, und je länger ich hinsah und mich von seiner bei aller Kantigkeit und Wildheit absolut harmonischen Darbietung mitreißen ließ, desto deutlicher hörte ich, wie sich der Song, der aus den Lautsprechern schallte, von Zeile zu Zeile, von Strophe zu Strophe veränderte und in eine Coverversion verwandelte, die ich hinterher gern auf CD oder noch besser auf Schallplatte gekauft hätte. Martin spielte auf einer schlichten sechssaitigen schwarzen Fender, die er am Ende, während er sich vorbeugte, über den Kopf hielt, und dann behutsam in die Ecke hinter der Bühne stellte.

Und das wirklich Einmalige an seinen Auftritten war, dass er sie nicht allein bestritt.

»Ladys and gentlemen«, rief Cargo ins Mikrofon, nachdem er es geschafft hatte, das Publikum einigermaßen zur Ruhe zu bringen. Die Musik war verstummt, ein Spot fiel auf die Bühne, überall klirrten Flaschen, die gegeneinander geschlagen wurden. »The first finalist!«

Grölender Jubel, Beifall, Rufe und Pfiffe.

»Ich sterb gleich«, sagte Sonja.

Ich sagte: »Im Gegenteil.«

»We call him ... Mr Jeepster«, rief Cargo und die Menge stieß ein kehliges »Heeeey!« aus.

Inzwischen hätte auch eine Kettensäge nichts mehr genützt, um die Luft zu zerschneiden.

»Aber er kommt nicht allein«, schrie Cargo ins Mikrofon, begleitet von massivem Applaus. »Hier ist er. The first finalist. Mr Jeepster and ...«

Und aus hundert Kehlen schrie es: »... THE MOST FAMOUS LITTLE RABBITS FROM THE VILLAGE OF RAMER'S!«
Im tobenden Jubel seiner Fans kam Martin auf die Bühne. Er stellte sich an den Rand und verbeugte sich. Dann hängte er sich die Gitarre um, die er bisher in der Hand gehalten hatte, stöpselte das Verstärkerkabel ein, spielte einen Akkord, hob die Hände in die Höhe und ballte die Fäuste, wandte sich um und zeigte auf seine vier Musikerinnen, die sich im Hintergrund gruppierten: Am Schlagzeug Malu aus Bogota, am Bass Jennifer aus Newhampton, am Schlagzeug Linda aus Wellington und an den Keyboards Amanda aus Boston. Vor jedem Auftritt stellte Martin sie vor. Dann begann seine Show.
Für das Finale hatte er zur Überraschung der Jury und vermutlich auch des Publikums einen Bob-Dylan-Song gewählt.
»Auch das noch«, sagte Sonja.
Ich küsste sie, damit sie den Mund hielt.
Es war eine beschwingte Siebzigerjahreversion von »A hard rain's a-gonna fall«, ein Stück, das aus fünf Strophen mit insgesamt siebenundfünfzig Versen besteht. Das wäre kein Grund gewesen, es nicht zu spielen, das Problem war nur, dass die Jury für das letzte Duell die Regeln geändert und die Spielzeit auf eine Minute begrenzt hatte, so wie es die Statuten bei der Weltmeisterschaft in Finnland verlangten.
Erst in diesem Moment begriff ich, dass ich vorhin nicht richtig zugehört und auch nicht richtig hingesehen hatte. Mr Jeepster hatte sich nicht seine Fender, sondern

einen E-Bass umgehängt, und die Lead-Gitarre hatte Jennifer übernommen. Und so zupfte er eine Minute auf seinen sechs Saiten, hüpfte von rechts nach links über die Bühne, tänzelte vor den kreischenden Fans auf und ab, warf seinen Oberkörper nach vorn und lehnte sich zurück, wie zur Entspannung, sah seinen Fingern bei den Läufen zu, schürzte die Lippen, spielte eine Stelle nur mit dem kleinen Finger der rechten Hand, verpasste keinen Ton, blieb immer im Rhythmus.

Und nach genau sechzig Sekunden war die erste Strophe vorbei, und die Musik brach ab. Mr Jeepster verbeugte sich, hielt den Bass über den Kopf, verneigte sich vor seiner Band und wartete, bis seine Musikerinnen die Bühne verlassen hatten, bevor er selbst hinunterkletterte.

Die Zuhörer schrien seinen Namen, pfiffen und trampelten mit den Füßen und drängten sich so eng um Sonja und mich, dass ich einige Jugendliche mit beiden Händen wegstemmen musste.

Aus einer Gruppe im Halbdunkel winkte jemand, und nach einer Weile erkannte ich das Gesicht. Holder von St. Sebastian war gekommen. Aufgeregt zeigte er auf eine Frau neben sich, die trotz der Hitze einen dicken Wollschal trug und ihre Wildlederjacke nicht ausgezogen hatte. Vermutlich war es seine Freundin Senta, die kostenlos Bazillen verteilte.

»Ladies and gentlemen«, schrie Cargo ins Mikrofon. »The second finalist ...«

Nun streckte sogar Sonja den Kopf in die Höhe.

Ich griff nach ihrer Hand.

15

Zuerst lachten einige Zuhörer. Doch nach einer Weile, in der er regungslos in der Mitte der Bühne stand, den schwarzen Gitarrenkoffer in der Hand, beleuchtet von einem roten Spot, hörten sie auf zu lachen, und das Publikum verstummte. Faks, der Wirt, ließ hinter dem Tresen das Gläserspülen sein, die Gespräche in den Reihen nahe der Eingangstür ebbten ab, bis nur noch das Brummen der Stereoanlage zu hören war. Und weil auch dieses Geräusch noch zu aufdringlich war, schaltete Cargo die Anlage aus.

Edward Loos trug ein schwarzes Hemd, schwarze Jeans, schwarze Schuhe und dazu den zerknitterten gelben Hut seines Halbbruders und dessen verbogene dunkle Sonnenbrille.

Extra für ihn war ein Ständer mit Cargos Mikrofon auf die Bühne gestellt worden.

Eine Minute lang tat er nichts.

In dieser Minute sah ich, zwischen zwei Jugendlichen hindurch, am Tisch, an dem Martin saß und Edward gesessen hatte, Genoveva Viellieber. Sie hatte die Hände vor dem Gesicht gefaltet, und ihr Blick hing an dem Mann auf der Bühne, nichts und niemanden sonst schien sie wahrzunehmen. Ich vermutete, dass Edward sie eingeladen hatte. Seine Mutter war offensichtlich nicht gekommen.

Als es vollkommen ruhig war, setzte The Vagabond den Gitarrenkoffer ab, kniete sich daneben, nahm seine Luftgitarre heraus, klappte den Deckel wieder zu, und wir hörten, wie das Schloss zuschnappte. Er reichte den Koffer Cargo, der ihn wortlos vor sich hinlegte, und steckte das Kabel ins Instrument.

Jemand hustete.

The Vagabond wartete. Bestimmt hatten sich die Gäste in diesem Lokal noch nie so leise verhalten, vielleicht noch in keinem Lokal der Stadt.

Die Hände hinter dem Rücken trat er ans Mikrofon. Er drehte den Kopf in Richtung des Tisches, an dem Genoveva Viellieber saß. Sie sah ihn an. Seine Augen waren hinter der schwarzen Brille nicht zu erkennen. Lange blickte er zu dem Tisch.

Dann wandte er sich nach vorn, zögerte noch einmal vor dem ersten Wort.

»Ladies and gentlemen«, sagte er.

Nun hob er den linken Arm, formte seine Finger zu einem Griff und begann mit der rechten Hand, die Saiten zu zupfen. »This song is ...«

Vielleicht fiel ihm das Sprechen in einer fremden Sprache leichter.

»... dedicated to my brother who died ... a week ago. His body was found yesterday. He is dead. He died in a car. It was not his car. He was thirtyone years old ...«

Jemand unterdrückte ein Husten. Das einzige Geräusch war das Klicken von Feuerzeugen.

»... He wanted to become a big soccer player. But he failed. Maybe not. No, he did not fail ...«

Er spielte einige Akkorde, reglos, dann zupfte er einzelne

Saiten, tiefe Töne erklangen, eine einfache Melodie auf zwei Saiten.
»... He is dead. Nobody saved his life. Nobody missed him ... I was too late. I did not understand his voice ... on the telephone ... Could not read his words ... This afternoon I wrote a song for him.«
Er drehte leicht den Kopf, spielte weiter, legte den Kopf schief, als lausche er einer anderen Melodie als seiner eigenen oder einer Stimme. Dann blickte er wieder geradeaus.
»A song for my brother Aladin who got lost«, sagte er ins Mikrofon. »The song is called ... It is called: ›Idiots never die of coldness‹. This is for you, Aladin, on your way back home. I can see you. I can see ...«
Wie am Fenster des Hotelzimmers stand Sonja vor mir, und ich legte die Arme um sie, und im Obdach ihrer Nähe machte mir die Menge um uns herum nichts aus.
Idiots never die of coldness.
Nach fünfundsechzig Sekunden endete in der Stille unserer Umarmung ein großes Konzert.